Dr Walter Fiedler

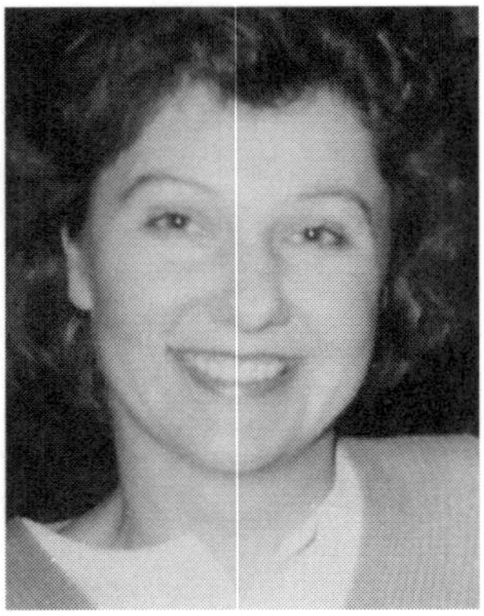

Lydia Hauenschild

Geboren in Deggendorf. Abitur an einem mathematisch-naturwissenschaftlichen Gymnasium. Anschließend Studium der Agrarwissenschaften in Göttingen.

»Das erste Tier, an das ich mich erinnern kann, ist Hansi, der Wellensittich meiner älteren Schwester. Es folgten unsere Hasen Max und Moritz (die als Braten endeten, den keiner essen mochte), Max II. (dem mein Bernhardiner Egon das Leben aushauchte), ein Goldhamster, die griechische Landschildkröte Susi, Schaf Hanni – und all die Kühe, Kälbchen, Schweine, Hühner, Katzen, Mäuse und Pferde auf dem Bauernhof meines Vaters.
Kein Wunder also, daß ich nach dem Abitur Landwirtschaft studierte. Vieles von dem, was ich in Göttingen über Tierzucht, Tierernährung, Tierhaltung und Tiermedizin gelernt habe, konnte ich später im Beruf gut gebrauchen. Heute kümmere ich mich mit Begeisterung um Fritz und Schmittchen, die Kaninchen meiner Söhne.«

Publikationen:

Zwillinge – die doppelte süße Last (1988)
Wann trägt man als Mutter schon Seidenstrümpfe? (1989)
Ohne Netz und doppelten Boden – Vom Umstand, mit Anstand Mutter zu sein (1991)

Wie kommt die Farbe in die Jeans? –
Zufälle in der Wissenschaft (1993)

Erlebnis Wissen

LYDIA HAUENSCHILD

Ich hab' so tierisch viele Fragen!

Aus dem Leben berühmter Tierverhaltensforscher

ENSSLIN & LAIBLIN VERLAG REUTLINGEN

BILDNACHWEIS

Umschlagillustration: **Marek Zawadzki**

Innenteil: Seite 10, 13, 17, 19, 20, 22, 23, 26, 27, 38, 54, 75, 105, 113, 121 (Archiv für Kunst und Geschichte). – Seite 60, 100, 118 (Deutsche Presse-Agentur). – Seite 127 (Deutscher Taschenbuch Verlag). – Seite 6, 7, 8, 31, 34, 36, 39, 41, 42, 44, 48, 51, 53, 61, 62, 68, 76, 77 oben, 103 oben, 107 unten, 108, 109, 112, 136 (Ensslin-Verlagsarchiv). – Seite 67, 82, 84, 85, 95 (Zeichnungen Juliane Fret). – Seite 129 (Gertraud Kacher). – Seite 130 (Konrad-Lorenz-Gesellschaft für Umwelt- und Verhaltenskunde). – Seite 134 (Landeszentrale für Umweltaufklärung Rheinland-Pfalz). – Seite 3, 5, 6, 9, 12, 16, 28, 29, 33, 37, 40, 43, 46, 52, 55, 57, 58, 59, 77 unten, 78, 79 unten, 80, 81, 87, 99, 101, 103 unten, 107 oben, 133, 135, 139, 154, 158, 159 (Privatsammlung Widolf Wedlich). – Seite 138, 141, 142, 146, 148–153, 156, 157 (Rowohlt Verlag). – Seite 79 oben, 89, 90, 93 (Springer Verlag,Heidelberg). – Seite 145 (Süddeutscher Verlag). – Seite 65, 71, 155 (Ullstein Bilderdienst).

Die Deutsche Bibliothek – CIP-Einheitsaufnahme

Hauenschild, Lydia:

Ich hab' so tierisch viele Fragen! : Aus dem Leben berühmter Tierverhaltensforscher / Lydia Hauenschild. – Reutlingen : Ensslin und Laiblin, 1995 (Erlebnis Wissen)

ISBN 3-7709-0874-0

 Satz: ensslin-typodienst. Reproduktion: Umschlag – Gröning GmbH, Ditzingen / Innenillustrationen – ensslin-typodienst. Gesamtherstellung: Clausen & Bosse.

ISBN 3-7709-0874-0

INHALT

IM MITTELPUNKT DAS TIER

Tiere beobachten macht Spaß. Vor allem, wenn elegante Pferde über saftige Weiden galoppieren oder tapsige Katzenkinder vergnügt durch die Wohnung purzeln. Ja, besonders dann. Aber wer von uns wäre bereit, einen Sommer lang mit einer Schar Wildgänse in den Donauauen herumzukriechen? Und wer hätte schon Lust, sich in der Schwüle des afrikanischen Urwalds immer wieder von einem halberwachsenen Schimpansenmännchen verprügeln zu lassen? Man muß wohl tatsächlich begeisterter Wissenschaftler sein, um solche Strapazen auf sich zu nehmen. Denn gerade diese bewundernswerte Ausdauer ist es, die sich wie ein roter Faden durch die Arbeit vieler weltbekannter Tierverhaltensforscher zieht. Und das fast immer von Kindheit an: »Du interessierst dich für nichts außer Schießen, Hunde und Rattenfangen und wirst dir selbst und deiner ganzen Familie zur Schande gereichen!« Diesen Wutanfall seines Vaters hatte kein Geringerer als Charles Darwin über sich ergehen lassen müssen, als er fünfzehn Jahre alt gewesen war. Doch auch manch andere Eltern späterer berühmter Tierverhaltensforscher runzelten sorgenvoll die Stirn, weil sie die Liebe ihrer Kinder zur Natur mit »Trödeln« und »Faulenzen« verwechselten.

Nun, sechs dieser »trödelnden« Menschen möchte ich in diesem Buch vorstellen. Zwei Frauen und vier Männer, die in den vergangenen Jahrhunderten besonders viel zu dem beitrugen, was wir heute über das Verhalten der Tiere wissen. Sie hinterließen uns dabei Lebensbilder, durchweht von viel frischer Luft und auch manch Abenteuerlichem – und oft geprägt von dem Mut, ein wenig anders zu leben als die anderen.

Die noch junge Geschichte der Tierverhaltensforschung: Sie ist die Geschichte der Menschen, die das Tier in den Mittelpunkt ihres Handelns stellten.

Nehmen wir einmal an, so könnte es gewesen sein:
Friedlich sitzt eine Gruppe altsteinzeitlicher Jäger in der Abenddämmerung am Eingang ihrer Höhle. Ihre Hände bearbeiten Speerspitzen aus Knochen für die Jagd am nächsten Tag. Rehe, Wildschweine, Hirsche sollen die Beute sein. Einmal ein Wollnashorn zu erlegen – davon können die Männer dagegen nur träumen. Zu gewaltig sind diese Tiere, keine Waffe kann ihren Panzer durchdringen, und immer wieder kommt es vor, daß diese Kolosse einen Jäger im Gegenangriff zermalmen.
Solchen Gedanken nachhängend blicken die Männer in die Glut des offenen Feuers, das sie wärmt. Plötzlich sehen sie ein Wollnashorn auftauchen – und, nach kurzem Stutzen, sofort wieder im Dunkel verschwinden.
Warum ist es geflohen?
Es muß die Glut sein, die es vertrieben hat, denken die Jäger. So sammeln sie in einer der nächsten Nächte trockene

Äste, entzünden sie und gehen mit diesen Fackeln zu der Stelle, an der sie das Wollnashorn vermuten. Und siehe da, es flüchtet, sobald es das Feuer erblickt.
Nun bilden die Männer eine Kette und treiben das Tier vor sich her auf einen Abgrund zu. Immer schneller rennen sie, je näher sie der Klippe kommen, immer wilder schwenken sie die brennenden Äste, das Nashorn flieht entsetzt und merkt zu spät, daß der Boden unter seinen Füßen zu Ende ist. Das Wollnashorn, das stärkste Tier nach dem Mammut, ist besiegt.
Ja, so könnte es gewesen sein – am Anfang der »Erforschung tierischen Verhaltens« durch unsere Urahnen. Schlicht lebensnotwendig war es für sie, die Tiere, die sie umgaben, zu beobachten und aus ihrem Verhalten zu lernen; wichtig für das Stillen des Hungers, Wildwechsel zu kennen oder die Stellen am Ufer, an denen die Fische am leichtesten zu überlisten waren. Vor allem aber hieß es auch, Gefahren aus dem Weg zu gehen. Schien es nicht klüger, den Wald zu meiden, wenn aus ihm das tiefe Brummen des Bären drang?
All dies lernten unsere Urahnen über die Jahrhunderttausende hinweg und gaben ihr Wissen von Generation zu Generation an ihre Nachkommen weiter.
Aber – die Leistungen des frühen Menschen in allen Ehren – war das bereits Tierverhaltensforschung?
Lächelnd schütteln Tierverhaltensforscher unserer Tage bei dieser Frage den Kopf. Nein, sagen sie, die echte Wissenschaft, die echte Erforschung des tierischen Verhaltens begann erst sehr viel später. Wenn wir es über die Länge der menschlichen Geschichte betrachten, so ungefähr mit dem letzten Wimpernschlag.
Und am Beginn dieses Wimpernschlages stand eine Frau: Maria Sibylla Merian.

Urgeschichtliche Felsmalereien aus Sefar (Sahara-Gebiet von Tassili).

MIT PINSEL, MUT UND SCHMETTERLINGSNETZ

Maria Sibylla Merian (1647–1717)
Die erste deutsche Insektenkundlerin

Es war schon eine merkwürdige Zeit, in die Maria Sibylla Merian im Jahre 1647 hineingeboren wurde. Da stöhnte das ganze mittlere Europa seit beinahe dreißig Jahren unter dem Joch eines grausamen Krieges, über 15.000 Dörfer und die Hälfte der deutschen Bevölkerung waren vernichtet worden – und doch gab es inmitten all dieser Wirren noch Menschen, die sich für sehr viel Friedvolleres interessieren konnten als für Schlachten und Gemetzel: Sie sammelten Tiere und Pflanzen. Am liebsten aus fernen Ländern. Denn schließlich war es gerade mal 150 Jahre her, daß Kolumbus Amerika entdeckt hatte, und die Europäer sogen die schillernden Geschichten der wenigen wagemutigen Reisenden gierig auf. Wer wollte da nicht, wenn er schon selbst nicht über das große Meer segeln konnte, wenigstens einen Teil dieser erstaunlichen neuen Welt zu Hause haben?
Und so sammelte man eifrig, was immer die Schiffe aus Übersee an Bord hatten. Ganze botanische Gärten mit exotisch blühenden Gewächsen entstanden auf diese Weise in Deutschland, aber auch die ersten Tiergehege mit Schlangen, Riesenechsen oder Lamas.

Naturliebhaber, die die Goldstücke nicht ganz so mit vollen Händen ausgeben konnten, beschränkten sich dagegen auf »Raritätenkabinette« aus getrockneten Pflanzen und ausgestopften Tieren. Oder sie sammelten naturgetreue Zeichnungen und Kupferstiche.

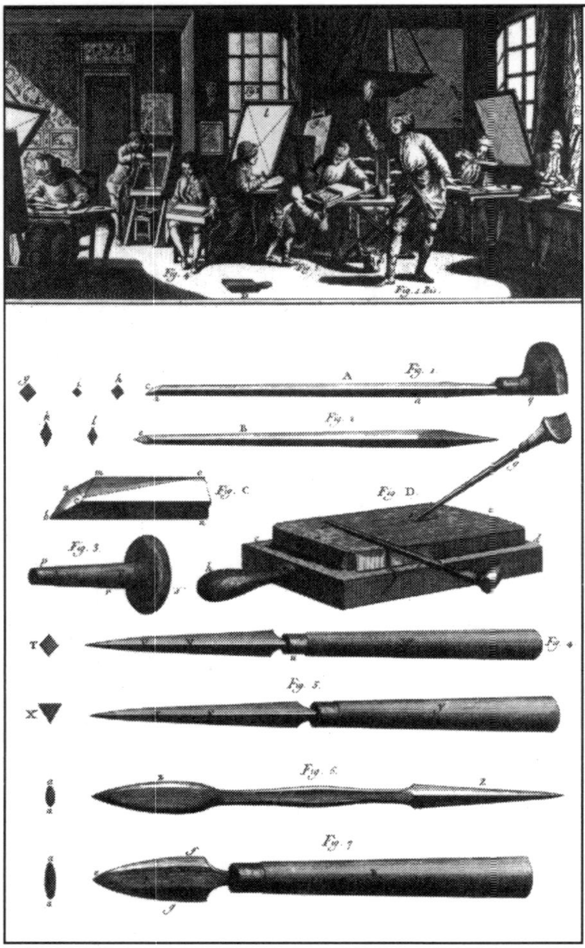

Schaber und Stichel, Werkstatt für Kupferstiche und Stiche. Mitte des 18. Jhs. Kupferstich.

Das war ja ohnehin wesentlich platzsparender.
Auch die kleine Maria Sibylla liebte es, die fremden Tiere auf den Kupferstichen zu betrachten, die in der Werkstatt ihres Vaters entstanden waren. Ein ernstes, nachdenkliches Kind soll sie gewesen sein. Und außerdem eines, das schon früh wußte, was es wollte: malen. Malen wie eben dieser Vater, der große Kupferstecher und Buchverleger Matthäus Merian der Ältere, dessen Werke weit über die Grenzen der Reichsstadt Frankfurt am Main hinaus hohes Ansehen genossen.
Zarte drei Jahre alt war Maria Sibylla gewesen, als ihr berühmter Vater für immer die Augen schloß. Ein wenig verloren hatte sie wahrscheinlich am Sterbebett gestanden, zur Seite gedrängt von ihren erwachsenen Halbgeschwistern, die nun die Werkstatt erbten. Maria Sibyllas Mutter hingegen, die die zweite Frau des Kupferstechers gewesen war, erhielt nicht viel mehr als ein paar Kupferstiche. Was blieb der Witwe Merian da schon anderes übrig, als ein Jahr nach dem Tode ihres Gatten ein zweites Mal zu heiraten? Morell hieß der Mann und ernährte seine neue Familie mit dem Malen von Blumenbildern und Stilleben, so recht nach dem Herzen der kleinen Stieftochter. Und je älter Maria Sibylla wurde, desto häufiger schlenderte sie durch das Atelier, genoß den Geruch der Farben und sah den Schülern des Stiefvaters bei

der Arbeit an den Staffeleien zu. Ach, wenn sie doch selber auch dort hätte stehen dürfen!
Statt dessen aber waren für Maria Sibylla nach der Schule Kochen, Bügeln, Sticken und Nähen angesagt. Daß diese Mädchenpflichten nicht vernachlässigt wurden, dafür sorgte die strenge Mutter, der all diese Dinge viel wichtiger erschienen als alberne Klecksereien. Eine ordentliche Hausfrau sollte aus Maria Sibylla werden, und damit basta!
Nun, wie es dem Mädchen trotzdem gelang, sich seinen Weg in die Werkstatt des Stiefvaters zu bahnen, ist nicht genau überliefert. Vielleicht hatte Maria Sibylla irgendwann einfach die Nase voll davon, sich immerzu wie eine Diebin auf den Dachboden schleichen zu müssen, wo sie sich für ihre heimlichen Malversuche eine bescheidene Werkstatt eingerichtet hatte, und gestand den Eltern eines Tages ihren Ungehorsam.
Viel hübscher dagegen klingt natürlich die Geschichte, nach der Maria Sibylla mit elf Jahren bei Nacht mit Hilfe einer Leiter in den Garten eines Grafen kletterte und dessen schönste Tulpen pflückte, um sie auf dem Dachboden abmalen zu können. Als der Graf den Verlust der kostbaren Stücke entdeckte (für die Sammler damals soviel bezahlten, wie ein ganzes Haus kostete!), legte er sich auf die Lauer und erwischte die kleine Diebin. Unter Tränen beichtete Maria Sibylla daraufhin in Anwesenheit ihrer Mutter, warum sie die Blumen gestohlen hatte. Zum Beweis holte sie ihre Zeichnungen. Und als der Graf die Aquarelle sah, auf denen seine Tulpen genauso prachtvoll wie in seinem Garten leuchteten, soll er derart beeindruckt gewesen sein, daß er Gnade vor Recht ergehen ließ.
Eine Legende? Nur so viel ist wirklich sicher: Kampflos gab die Mutter den Weg zu all den lockenden bunten Öl- und Wasserfarben, den Papieren, Pergamenten und Kupfertafeln nicht frei. Zu »harten, unfreundlichen Begegnungen« soll es gekommen sein. Doch das ernste Kind blieb

Der »Rizinus-seidenwurm«.

stur. Mit wahrer Hingabe kopierte Maria Sibylla nun an ihrem Unterrichtsplatz im Atelier berühmte Bilder und Stiche, um ein Gefühl für Bildaufteilung und Proportionen zu entwickeln.

Am meisten allerdings genoß sie die Stunden, in denen sie ihre eigenen Ideen zu Papier bringen durfte. Wieder und wieder herrliche Blumen zum Beispiel, oder – ihre »hochschätzbaren Seidenwürmer«.

Ja, die liebte das Mädchen besonders. Und mochte es der bedauernswerten Mutter noch so sehr vor diesen bläßlichen Raupen grausen, die da in Maria Sibyllas Zimmer in Schächtelchen und Kästchen herumkrochen. Warum nur hatte sie ihrer seltsamen Tochter den Besuch einer Seidenraupenzucht gestattet! Mit nachdenklichem Gesicht hatte Maria Sibylla dort den Erklärungen gelauscht und erfahren, daß die eigentlich aus China stammenden Seidenspinner schon seit vielen hundert Jahren auch in Deutschland gezüchtet wurden – zu dem einzigen Zweck, den hauchdünnen Faden zu gewinnen, mit dem sich ihre Raupen einspinnen, um als »Puppe« die Ruhe zu finden, die sie für ihre Verwandlung in einen zarten Schmetterling benötigen. Daß daraus nichts wurde, dafür sorgten dann mit schöner Regelmäßigkeit geschickte Arbeiterinnen, die die bis zu 3.000 Meter langen weißen Fäden gleich wieder abwickelten. Denn der Adel und das wohlhabende Bürgertum liebten Seidenstoffe, und man bezahlte ausgezeichnet.

Mehr als das viele Geld, das mit dem zarten Gewebe verdient werden konnte, faszinierten Maria Sibylla allerdings

die eigentlichen Hersteller dieses kostbaren Gutes. – Ob sie wohl ein paar »Seidenwürmer« mit nach Hause nehmen dürfte?
Sie durfte. Und sicherlich ahnte selbst die etwa dreizehnjährige Maria Sibylla an jenem Tage nicht, daß sie mit diesen wenigen Raupen, die sie in einem Kistchen so stolz nach Hause trug, den Nährboden für ihr gesamtes späteres Lebenswerk als Naturforscherin bereitete.
Denn zunächst einmal ging es dem Mädchen um nichts weiter als um die gute Versorgung ihrer ungewöhnlichen Haustierchen. Gewissenhaft bot sie den Raupen Maulbeerblätter an und freute sich über ihren Appetit. Aufmerksam schaute sie zu, wie die Tiere Tage später begannen, ihre Kokons aus Seide zu spinnen, um sich zu verpuppen. Und Wochen später geschah das Aufregendste – die Schmetterlinge schlüpften. Zurück blieben nur die leeren Kokons. Klar, daß dieses Wunder mit dem Pinsel festgehalten werden mußte! Eifrig skizzierte Maria Sibylla die Dinge so, wie sie sie gesehen hatte, und fertigte auf diese Weise ihre erste Zeichnung über die Entwicklung des »Seidenwurmes« an: vom Ei über die Raupe zur Puppe bis hin zum zarten Seidenspinner. Man schrieb das Jahr 1660.
Ja, und seit dieser Zeit also malte Maria Sibylla ihre hochschätzbaren Seidenwürmer immer wieder aufs neue, ohne noch viele Gedanken an Landschaftsmalereien oder ähnliches zu verschwenden. Und mehr noch – sooft es seine Zeit gestattete, sah man das stille Mädchen behutsam durch Wiesen und Wäldchen streifen, sah es an Tümpeln und Weihern verharren und immer neue Käfer, Larven und alle Raupen, die es finden konnte, in Dosen und Kästchen ins

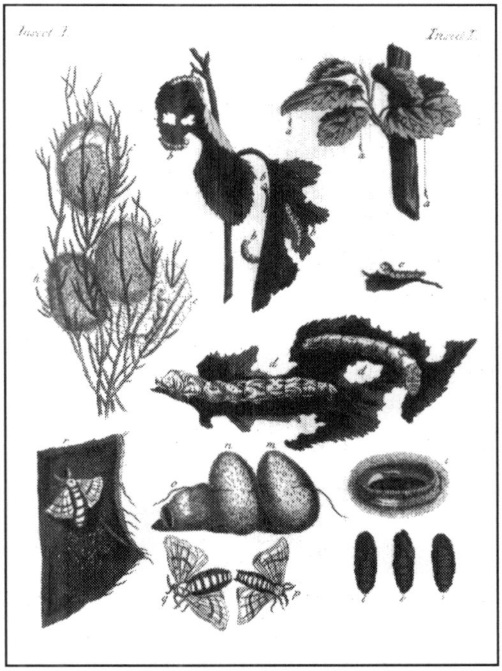

Die Verwandlungsstufen des »Seidenwurmes«.

Elternhaus tragen, um auch diese zu beobachten und zu skizzieren – wie eine echte Naturforscherin.
Die Mutter aber? Was blieb der geplagten Frau angesichts so viel Hartnäckigkeit anderes übrig, als sich mit den Jahren an das seltsame Hobby ihrer Tochter zu gewöhnen! Doch vermutlich atmete Mutter Morell trotzdem erleichtert auf, als es ihr gelang, dieses sonderbare Kind mit siebzehn Jahren endlich »an den Mann zu bringen«.
Zum Glück mitsamt den Würmern. Denn so viele Laster der angetraute Maler Johann Graff in den folgenden Jahren der Ehe auch pflegen mochte, einen liebenswerten Charakterzug besaß er in den Augen Maria Sibyllas: Er störte sich nicht an Raupen und Käfern als Hausbewohner! Was machte es der jungen Frau Gräffin da schon aus, daß ihr zehn Jahre älterer Mann gerne einen über den Durst trank und nicht gerade arbeitssüchtig war, so daß sie selbst für einen großen Teil des Lebensunterhalts sorgen mußte. Tüchtig war Maria Sibylla ja ohnehin. Stoffe und Tischdecken für reiche Leute mit hübschen Blumen- und Schmetterlingsmotiven zu verzieren machte ihr ebensoviel Spaß wie die Leitung ihrer »Jungfern-Company«, einer Mal- und Stickschule für die Töchter aus besseren Kreisen. Und der Handel mit selbsthergestellten Farben und Malutensilien, den sie gründete, nachdem sie mit ihrem Mann nach Nürnberg umgezogen war, brachte sie mit weiteren kunstinteressierten Menschen zusammen. Die Hauptsache war doch einzig, daß neben all der Arbeit noch genügend Zeit blieb, die Gegend zu durchforsten, um der geliebten Raupen- und Schmetterlingssammlung weitere Exemplare hinzufügen zu können!
Bei dieser Suche ging die junge Frau mittlerweile ganz systematisch vor. Denn: Vom Ei zur Raupe, von der Raupe zur Puppe und von der Puppe zum fertigen Falter – so war die »Geburt« nicht nur einst beim Seidenspinner in Maria Sibyllas Elternhaus verlaufen. So verlief sie bei allen »Som-

mervögelein«, wie Maria Sibylla ihre Schmetterlinge gerne nannte. Und so, wie der Seidenspinner damals als Nahrung auf die Blätter des Maulbeerbaumes angewiesen war, so gab es auch für viele andere Schmetterlinge ganz bestimmte Futterpflanzen.

Seit Maria Sibylla dies erkannt hatte, forschte sie mitunter monate- oder jahrelang hinter einem bestimmten Ei, einer Raupe oder Puppe her, bis sie endlich das fehlende Glied in einer Verwandlungskette gefunden hatte. Sorgfältig notierte sie dann den Fundort und die Futterpflanze und zeichnete das Tierchen beim Fressen oder Kriechen, bevor sie es voller Freude nach Hause trug, um es dort bis zum Schlüpfen des Falters zu pflegen.

Dem fertigen »Sommervögelein« erging es dann allerdings schlecht. Denn da mochte Maria Sibylla noch so fromm sein und alle Lebewesen für »Gottes Geschöpfe« halten: Tiere hatten nun einmal nach der damaligen Auffassung keine Seele. Und so griff die junge Frau ohne viel Aufhebens zu Kerze und Nadel, stach die glühende Spitze mit großem Talent mitten durch den Körper des Tieres, befestigte ihn anschließend auf einem Spannbrett und entfaltete die feinen Flügel behutsam mit einer Pinzette. Nun noch hinein in ein ordentlich beschriftetes Schächtelchen – und schon war ein neues Dokument geschaffen.

Aber selbst Schmetterlinge einer Art, die Maria Sibylla ihrer Sammlung bereits im wahrsten Sinne des Wortes einverleibt hatte, konnten kaum auf ein Entrinnen hoffen. Denn die Gräffin mußte ja Geld verdienen, und am Kauf getrockneter Tiere interessierte Naturliebhaber gab es immer wieder.

Mittlerweile hatte es sich ohnehin in weiten Kreisen herumgesprochen, daß die Tochter Merians nicht nur wunderschön malen konnte, sondern auch mit ganzer Leidenschaft hinter Raupen her war. Häufiger kam es nun vor, daß ihr Schülerinnen der »Jungfern-Company« Fundstellen nannten oder sich selbst auf die Suche nach noch fehlenden Exemplaren begaben. Ja, zuweilen erhielt Maria Sibylla sogar Tierchen zugesandt, worüber sie gewissenhaft Buch führte: »Eine ganz schöne Raupe ist 1672 aus Regensburg, von des damaligen Nürnbergischem Herrn Abgesandten Frau Ehe-Liebste, in einem Schächtligen, nach Nürnberg als ein angenehmes Präsent geschickt und von mir angenommen worden, welche (ob ich zwar von ihr noch lebendig empfinge, und aber ihre ordentliche Speise nicht verstunde noch damals wußte) mir als unnützlich (so zu sagen) verstorben und verdorben ist.«

Doch nicht alle Menschen waren der jungen Frau Graff so wohlgesonnen wie die »Ehe-Liebste« des Abgesandten. Manche fanden ihr Treiben sogar höchst sonderbar.
Denn: Welche ordentliche Hausfrau holt sich schon freiwillig Spinnen ins Haus und tote Mäuse, aus denen dicke Maden kriechen? Oder – ob die Gräffin wohl gar eine Hexe war? So eine, die ab und an selbst die Gestalt eines hübschen Schmetterlings annahm?

O ja, so ganz ungefährlich lebte Maria Sibylla nicht mit ihrer naturwissenschaftlichen Neigung. Immerhin stammt das Wort »Schmetterling« aus dem Mittelalter, in dem man sich gewaltig vor jenen Hexen gefürchtet hatte, die, als Falter getarnt, die kostbaren Milch- und Buttervorräte verdorben haben sollten. Und »Schmetten« nannte man in einigen Gegenden die Milch und die Sahne, denen der »Schmetterling« Böses wollte. Mut gehörte daher dazu, zu Maria Sibyllas Zeiten dem noch

immer lebendigen Aberglauben an Würmer und Raupen, die aus faulendem Schlamm geboren werden, die nüchterne Tatsache entgegenzuhalten, »daß alle Raupen aus ihrem Samen, so die Vögelein zuvor gepaart, hervorkommen.« Allzu rasch endete manche Frau für solche kühnen Forschungsergebnisse damals als Hexe auf dem Scheiterhaufen! Doch für Maria Sibylla blieb es zum Glück bei den gelegentlichen Tuscheleien hinter ihrem Rücken. Unbehelligt verdiente sie weiter das zum Leben notwendige Geld, veröffentlichte zu diesem Zweck drei Bücher mit wunderschönen Kupferstichen von Blumen, versorgte den Haushalt, büffelte abends, wenn ihre zwei Töchter im Bett lagen, seit neuestem auch noch Latein, um endlich die in dieser Sprache der Gelehrten verfaßten Bücher über Insekten

lesen zu können – und beobachtete, malte und schrieb selbst immer weiter. Bis es schließlich fertig vor ihr lag: das Raupenbuch.
Zweiunddreißig Jahre war Maria Sibylla Graff alt, als es erschien, neunzehn Jahre Arbeit steckten darin. Ein gewaltiges Werk war es und trug auch einen gewaltigen Titel:

»Der Raupen wunderbare Verwandelung
und sonderbare Blumennahrung«
worinnen
durch eine ganz neue Erfindung
der Raupen, Würmer, Sommervögelein, Motten
Fliegen und anderer dergleichen Thierlein
Ursprung, Speisen und Veränderungen
samt ihrer Zeit, Ort und Eigenschaften . . .
fleissigst untersucht, kürzlich beschrieben . . .
und selbst verlegt
von
Maria Sibylla Gräffin

Die fünfzig Kupferstiche, die das Buch enthielt, waren dagegen überhaupt nicht schwülstig. Keine einzige Verzierung hatte die Künstlerin Maria Sibylla ihren Motiven hinzugefügt, obwohl das zur damaligen Zeit ausgesprochen modern war – viel lieber hatte sich die Forscherin Maria Sibylla auf das Wesentliche beschränkt.
Und so stand im Mittelpunkt eines Stiches stets nur die Futterpflanze, auf die ein bestimmter Schmetterling angewiesen ist: Auf sie legt er seine Eier ab, von ihr frißt die hungrige Raupe, auf ihr verpuppt sie sich, bis aus dem Kokon der Schmetterling schlüpft, der sich paart und seine Eier wieder auf die richtige Futterpflanze ablegt. Ja, es waren fünfzig vollendete ökologische Kreisläufe, die Maria Sibylla da abgebildet hatte – Dinge, die vor ihr kein anderer für wichtig gehalten hatte.

Jedem Kupferstich fügte die Forscherin noch etwa zwei Seiten Text hinzu. Stolz berichtete sie darin von den Mühen, die es ihr bereitet hatte, »solche Thierlein zu sichern, ihnen ihre Speise viele Tage, auch Monaten zu reichen«. Zum Beispiel ihr Liebling, dieser Seidenwurm! Dem hatte Maria Sibylla schon ausgetrieben, nur von Maulbeerblättern leben zu wollen, die so schwer zu beschaffen waren. Salatblätter taten es schließlich auch, stellte sie fest, die aber »fleissig abgetrucknet werden müssen . . ., denn sobald sie etwas Faules oder Nasses essen, so werden sie krank und sterben«.

Hatten ihre Zeitgenossen recht, die meinten, Maria Sibylla Merian sei keine Schönheit gewesen? Klug und mutig war sie auf alle Fälle. Dieses Ölbild zeigt sie mit zweiunddreißig Jahren.

Und der Engerling? Na, der fraß wenigstens so ziemlich alles, was man ihm anbot. Doch dafür hatte Maria Sibylla geschlagene drei Jahre warten müssen, bis er sich in ihrem Hause in einen brummenden Maikäfer verwandelte.

Ganz genau beschrieb Maria Sibylla auch das Aussehen jedes Tierchens in all seinen Erscheinungsformen: von der Raupe, »diesem erdverhafteten, Grünzeug fressenden Muskelschlauch«, bis hin zum Schmetterling, der »Blume mit Flügeln«. Offen gab die junge Frau zu, daß sie als Mädchen gedacht hatte, »daß eine schöne Raupe auch ein wohlgestaltetes . . . Sommervögelein, eine häßliche Raupe eben dergleichen Vögelein gebe«. Doch: »Ich hab erfahren, daß aus mancher unansehnlicher Raupe oft etwas gar schönes geworden ist.«

Maria Sibylla Graff schien es allerdings sowieso nicht so wichtig zu sein, ob die Falter, die sie für ihre Studien unter dem »Vergröß-Glas« betrachtet hatte, nun besonders hübsch oder häßlich waren: »Sintemal das allergeringste Thierlein vielmals das größte Nachsinnen verursacht, und unsere Naturforscher Augen am allermeisten beschäftigt.«

Maria Sibylla Merian war eigentlich immer knapp bei Kasse. Heute darf sie dafür den Fünfhundertmarkschein der Deutschen Bundesbank zieren.

Und was die Augen unserer Naturforscherin so alles beschäftigte! Bis hin zum Verhalten ging das! Verwundert stellte Maria Sibylla zum Beispiel fest, daß manche Raupenarten besonders gefräßig sind und, falls ihre Futterpflanze nicht vorhanden ist, einfach an ihren Artgenossen knabbern. Sogar erste kleine Verhaltensversuche hatte die Forscherin für ihr Buch durchgeführt: Rollen sich Raupen zusammen, oder fliehen sie lieber, wenn man sie mit einem Stöckchen ärgert?
Ja, man merkte es jedem Bild und jeder Zeile des Werkes an: Mit dem Raupenbuch hatte Maria Sibylla Graff, geborene Merian, ihren Weg gefunden.
Sie verließ ihn nicht mehr. Dafür trennte sie sich einige Zeit nach Erscheinen des Buches vom arbeitsscheuen Ehe-

mann, was sich besonders im Hinblick auf die Raupen als äußerst gewinnbringend zu erweisen schien:
»Als ich aber ... wieder nach Frankfurt am Main zog, fand ich an dem Bockenhaimer Weg den 14 May zur Frühe an den Schlehenhecken ein großes Gespinst, worauf etlich und 70 Raupen... lagen in einem runden Zirkel beisammen ganz dicht, sie sahen ... aus wie ein schwarzer, sammeter runder Fleck.«
Wen wundert's, daß bei so viel neuem Material 1683 der zweite Teil des Raupenbuches erschien, der dem ersten Band in nichts nachstand und die Naturliebhaber ebenso begeisterte!
Maria Sibylla Graff war nun eine vielbeachtete Frau. Zu Reichtum allerdings gelangte sie durch den Verkauf ihrer Werke keineswegs. Als Maria Sibylla von ihrem Halbbruder Caspar im Jahre 1685 die Möglichkeit geboten bekam, mit den Töchtern und ihrer alten Mutter zu ihm nach Holland in eine Glaubensgemeinschaft zu ziehen, nahm sie daher gerne an. Zu sehr lockte der fast klösterliche Alltag, der Maria Sibylla dort erwartete: ein Leben ohne Sorge um das tägliche Brot, unter Menschen, die ebenso religiös dachten, wie sie selbst – und mit genügend Zeit, um mit »sattsamem Vergnügen« die neue Umgebung nach neuen unbekannten Insekten abzusuchen.
Zufrieden spazierte die mittlerweile Achtunddreißigjährige also durch die Felder und Wiesen um Schloß Waltha, das den idyllischen Wohnsitz der Sekte bildete, und betrachtete und sammelte die verschiedensten »Geschöpfe Gottes«. Die interessantesten Dinge bekam Maria Sibylla jedoch im Schloß zu Gesicht. Was für ein Glück für die forschende Malerin, daß der Besitzer des Schlosses als Gouverneur in Surinam lebte! Wie herrlich exotisch die getrockneten Schmetterlinge und Pflanzen wirkten, die er von dort immer wieder in seine Heimat schickte! O ja, Surinam, dieses tropische Land im Norden Südameri-

Der tropische Regenwald Südamerikas: Er war Maria Sibyllas Traumziel. Farblithographie, 1911.

kas, ließ Maria Sibyllas Gedanken bald nicht mehr los. Und die holländische Hauptstadt Amsterdam, in die sie Jahre später zog, nachdem sich die Sekte aufgelöst hatte, konnte nichts daran ändern. Im Gegenteil: Maria Sibyllas Ruf als Autorin der Raupenbücher öffnete ihr die Türen zu den Raritätenkabinetten der wohlhabendsten Amsterdamer Bürger, wo die Naturforscherin »voller Verwunderung« Schmetterlingssammlungen mit den schönsten Tieren aus Übersee erblickte. Oft mag sie danach den Handelsschiffen im Hafen, die all diese Wunderdinge gebracht hatten, sehnsuchtsvolle Blicke zugeworfen haben! Doch Reisen kostet Geld, und nichts besaß Maria Sibylla weniger als das. Wieder gab sie daher Malunterricht, handelte mit Farben und verkaufte präparierte Tiere und weitere Exemplare ihrer Bücher. Zum Glück waren die beiden Töchter nun alt genug, um fleißig mithelfen zu können; so blieb für die Mutter weiterhin genügend Zeit, all die Raupen, Schlangen und Käfer zu versorgen, die sich selbstverständlich auch in der Amsterdamer Wohnung wohl fühlen durften.

Surinam, ganz im Norden Südamerikas gelegen, erhielt seinen Namen vom Fluß Suriname. Kupferstich von Matthäus Merian d. Ä. (1593–1650).

Neun Jahre lebte Maria Sibylla auf diese Weise in der holländischen Hauptstadt, immer mit ihren Gedanken auf Expedition im Regenwald von Surinam.
Als sie endlich ihren Amsterdamer Bekannten von derartigen Plänen erzählte, zeigten sich diese allerdings nicht gerade begeistert.
Über fünfzig sei sie doch schon! Und warum wollte sie überhaupt die Gefahren einer solchen Reise auf sich nehmen? Trieb der Mann ihrer Tochter Johanna Helena nicht sogar Handel mit Surinam und konnte ihr alles Erdenkliche besorgen? Gab es in den Raritätenkabinetten der Stadt ohnehin nicht alles zu sehen, was das Herz begehrte?
Ja sicher, die tropischen Insekten habe sie gefunden, antwortete die Forscherin daraufhin selbstbewußt, »aber so, daß dort ihr Ursprung und ihre Fortpflanzung fehlten, das heißt, wie sie sich aus Raupen in Puppen und so weiter verwandeln«.
Die Verwandlungskette der tropischen Schmetterlinge zu ergründen – dieses Vorhaben überzeugte schließlich sogar

den Bürgermeister. Und Maria Sibylla, die das Graff abgelegt hatte und sich inzwischen wieder Merian nannte, erhielt den begehrten Kostenzuschuß der Stadt Amsterdam: Das Abenteuer Surinam konnte beginnen.
Drei Monate dauerte die Reise im Sommer 1699. Grün, heiß und feucht empfing das Land Maria Sibylla und ihre einundzwanzig Jahre alte Tochter Dorothea, als sie die Hauptstadt Paramaribo erreichten. Und mit höhnischem Lächeln wurden die beiden Damen von den meisten reichen, aus Europa stammenden Plantagenbesitzern begrüßt, die ihr Geld mit dem Anbau von Zuckerrohr verdienten. War da doch jemand aus Europa angereist, der statt Handel zu treiben Raupen suchen wollte!
»... ja, sie verspotteten mich, daß ich in dem Land etwas anderes suche als Zucker.«
Sonderlich viel schien Maria Sibylla dieses Unverständnis der Herren aber nicht auszumachen. Gar zu sehr brannte sie darauf, mit Tropenhelm, Mückenschleier, Schmetterlingsnetz, Staffelei und Malsachen bewaffnet in den tropischen Regenwald einzudringen. Oder besser: sich hineinzuschlagen. Denn »der Wald ist so dicht mit Disteln und Dornen verwachsen, daß ich meine Sklaven mit Beilen in der Hand vorwegschicken mußte, damit sie für mich eine Öffnung hackten, um einigermaßen durchzukommen, was doch ziemlich beschwerlich war«.
Aber welch überwältigendes Naturspektakel entschädigte die beiden Frauen für ihre Mühen! Hoch oben unter dem dichten Dach der Urwaldriesen schwangen sich Affen durchs Geäst und stießen gellende Warnrufe aus, Tausende Insekten zirpten, von überallher ertönten die ohrenbetäubenden Stimmen der verschiedensten tropischen Vogelarten; es raschelte, tropfte, pochte. Und all die herrlichen Pflanzen! Es war ein einziges, urwüchsiges, ungeordnetes Treibhaus. Oh, Maria Sibylla war mehr als glücklich, nicht auf die Warnungen ihrer hasenfüßigen Amsterdamer Be-

kannten gehört zu haben. Die mörderische Schwüle, die stechenden Moskitos – was machten sie ihr schon aus, sobald ein strahlend buntes Sommervögelein im leichten Flug durch diese Wildnis gaukelte!

Nicht alle Falter jedoch waren so leicht zu entdecken. Etliche hatten zur Tarnung vor ihren Feinden Farben und Formen, die sie wie Blüten, Blätter oder ein Stück Rinde aussehen ließen. Und noch besser verbargen sich viele Raupen. Wie Kot wirkten manche, und die Puppen spannen Kokons wie dicke Regentropfen. Da hieß es genau zu gucken und sich nicht täuschen zu lassen.

Zufrieden und erschöpft kehrten Maria Sibylla und ihre Tochter nach solchen Exkursionen mit ihrer Beute aus dem Regenwald in ihr Haus zurück. Doch an Ausruhen war auch jetzt nicht zu denken. Rasch mußten die gefangenen Tiere nach dem Töten getrocknet werden, sollten sie nicht durch die hohe Luftfeuchtigkeit verschimmeln und die ganze Anstrengung umsonst gewesen sein.

Sammeln, konservieren, beobachten, ordnen, malen, beschreiben – es war harte Arbeit, die die beiden Frauen in der Hitze Surinams leisteten. Um überhaupt alles bewältigen zu können, suchte Maria Sibylla daher die Hilfe der Indianer, die bald selbständig Raupen sammelten und ihrer Herrin brachten. Allerdings konnten die Eingeborenen dabei nicht ganz der Versuchung widerstehen, den weißen Damen gelegentlich kleine Streiche zu spielen. So fertigten sie eines Tages aus zwei toten Insekten ein neues Fabelwesen an, das Maria Sibylla auch brav für echt hielt und sofort abzeichnete.

Die Schlangen, Kröten und kleinen Krokodile, denen die Eingeborenen nachstellten, hatten dagegen weit weniger zu lachen als ihre Fänger, sobald sie mit Maria Sibyllas nie erlöschendem Forscherdrang Bekanntschaft machten.

Erspähte die resolute Dame zum Beispiel, daß auf dem Rücken einer Kröte kleine Kaulquappen aus den Ei-

Granatapfel und Blauer Morpho. Kupferstich, koloriert, nach einer Gouache von Maria Sibylla Merian, entstanden auf ihrer Reise nach Surinam.

schnüren schlüpften – schwups! »warf ich das Weibchen mit seinen Jungen in Branntwein«.
Maria Sibyllas Neugier auf all diese Tiere ließ erst nach, wenn sie ihr als Essen auf dem Teller gereicht wurden. Da konnten die Schwarzen noch so sehr von Würmern und Kröten als »delikate Speise« schwärmen, die beiden Europäerinnen blieben lieber bei Obst und Gemüse. Ananas und Bananen, Früchte, die heute bei uns jedes Kind kennt, sah, roch und kostete Maria Sibylla zum erstenmal mit dreiundfünfzig Jahren.
Ja, es war eine aufregende Reise. Später schrieb die Forscherin: »So leicht niemand eine solche schwer kostbare Reise tun wird, um solcher Sachen willen . . .«
Durch die Hitze und starke Fieberanfälle geschwächt, kehrte Maria Sibylla Merian schließlich mit ihrer Tochter 1701 nach Amsterdam zurück, die Reisekisten voll mit toten Beutetieren und mit Zeichnungen zweier ganzer Jahre. Entzückt betrachteten die holländischen Bekannten diese Schätze.
Und nicht nur das: Mit dem Argument, »daß dies das erste und fremdartigste Werk war, das je in Amerika gemalt wurde«, drängten sie die erschöpfte Forscherin, möglichst allen Naturliebhabern zu zeigen, »was Gott der Herr in Amerika für wunderliche Tiere geschaffen hat«.
Wozu ein neues Raupenbuch natürlich am geeignetsten war. Doch es sollten noch vier Jahre vergehen, bis die achtundfünfzig Jahre alte Künstlerin im Jahre 1705 die in Leder gebundene Krönung ihres Schaffens endlich fertig in Händen halten konnte: ein mit 70 mal 50 Zentimetern wahrhaft großes Buch mit lebensgroßen Abbildungen.

Maria Sibylla hatte es einfach nicht übers Herz gebracht, die herrlichen Falter Surinams für das Werk zu verkleinern. Kunstliebhaber und Naturforscher aus ganz Europa und sogar aus Übersee lobten ihre Arbeit nun in den höchsten Tönen, waren hingerissen von der Anmut und der Natürlichkeit der sechzig farbenprächtigen Abbildungen und der Genauigkeit der Texte. Vornehme Herren, wie der Leibarzt des russischen Zaren, besuchten die Merian eigens in ihrem Amsterdamer Haus, um ein wenig mit der »gar munteren« Dame zu plaudern und ihre Werke zu erwerben.

Nur – reich wurde Maria Sibylla trotz dieses Erfolges noch immer nicht.

»Bei der Herstellung dieses Werkes bin ich nicht gewinnsüchtig gewesen, sondern wollte mich begnügen, wenn ich meine Unkosten zurückbekomme«, bekannte sie in weiser Voraussicht bereits in der Einleitung ihres Surinambuches.

Maria Sibylla Merian (2.4.1647–13.1.1717): Malerin, Kupferstecherin und Naturforscherin. Kupferstich, 1729.

Und so starb Maria Sibylla Merian, die bis zu einem schweren Schlaganfall im Jahre 1715 fleißig weiter Raupen gesammelt hatte, sechzehn Jahre nach ihrer großen Reise über das Meer weltberühmt, aber arm:

Am 13. Januar 1717 wurde ihr Begräbnis in das »Register der Unvermögenden« eingetragen; das Grab existiert nicht mehr.

Was blieb, sind die genialen
Werke einer forschenden Malerin –
einer Frau, die ihre Kunst in den Dienst
der Naturwissenschaft stellte und das, was
sie als Mädchen aus Neugier begonnen hatte,
zur Meisterschaft führte.

Wie sehr die Werke der Maria Sibylla Merian zu ihrer Zeit bestaunt wurden!

Aber bei diesem reinen Staunen über die Natur blieb es leider auch. Und die echte Tierverhaltensforschung schlummerte auf diese Weise noch beinahe hundert Jahre vor sich hin, ehe aus der Erkundung der Insekten eine echte Wissenschaft mit dem hübschen Namen »Entomologie« wurde. Doch nicht nur die neuen griechischen Namen und die Einführung des Wortes »Biologie« für die »Lehre vom Leben« waren gegen Ende des 18. Jahrhunderts ein Zeichen, daß es mit der Erforschung der Tiere jetzt erst so richtig losgehen sollte. Nein, nun waren ganz offenbar auch die Jahrhunderte vorbei, in denen man die Dinge des Lebens einfach so hingenommen hatte. Statt dessen fanden die klugen Köpfe Europas immer mehr Gefallen daran, allem soweit wie möglich auf den Grund zu gehen: Fragen zu stellen war nun angesagt; wobei es natürlich am besten war, wenn man die richtige Antwort gleich mitlieferte.

Und so störte es die wissensdurstigen Menschen der neuen Zeit zunehmend, daß Maria Sibylla Merian aus ihren Beobachtungen nie eigene Schlüsse gezogen hatte. Sicher, sie hatte den Ehrgeiz besessen, die hübschen Schmetterlinge nicht nur zu sammeln, sondern zugleich ihre Verwandlungsketten zu erforschen. Diese Leistung wurde auch nach wie vor anerkannt. Aber nach dem »Warum« einer Beobachtung hatte Maria Sibylla nie gefragt. Lediglich mit einem Schulterzucken hatte sie zum Beispiel zur Kenntnis genommen, daß sich aus manchen ihrer Raupen statt Schmetterlingen später Fliegen entwickelten, zum Teil mit »wüstem Gestank«. Die Ursache dieser »unordentlichen Veränderungen« herauszufinden, überließ sie gerne den »Herren Gelehrten«. Ja, Maria Sibylla Merian betonte in ihrem Surinambuch sogar deutlich, daß ihre Beobachtungen nur den »Stoff« liefern sollten, »aus dem

jeder nach eigenem Sinn und eigener Meinung Schlüsse ziehen und diese nach eigenem Gutdünken auswerten kann ...«

Es war also Grundlagenarbeit gewesen, die Maria Sibylla Merian geleistet hatte. Und mit dieser führte die Künstlerin die große Zahl der naturbegeisterten Menschen des 17. und 18. Jahrhunderts an, die ebenso wie sie in ihrer Freizeit Spaß daran hatten, Tiere in ihrer natürlichen Umgebung zu beobachten. Besonders in Großbritannien, wo es von solchen selbsternannten »Naturhistorikern« bald nur so wimmelte. Reiche Gentlemen beobachteten beim Morgenritt sorgfältig den Flug der Vögel, Gutsherren hingen abends am Kamin gemeinsam mit ihren Freunden Gedanken über tüchtige Jagdhunde und hakenschlagende Hasen nach, und mancher Pastor kümmerte sich nicht nur um die zweibeinigen Schafe seiner Gemeinde, sondern freute sich geradezu kindisch über jeden neuen Käfer, der ihm über den Weg krabbelte.

»Fliegenbeinzähler« nannten einige diese Menschen später verächtlich, die ihre Erfahrungen genau wie Maria Sibylla Merian oft in kleinen Büchern (allerdings ohne die schönen Kupferstiche!) niederschrieben. Doch die Spötter übersahen, daß die vielen Erkenntnisse der unausgebildeten Laien sehr wichtig waren. Wie hätte man überhaupt weitere Fragen stellen können ohne ihre Beobachtungen? Sie hatten ja erst einmal klargemacht, was es auf dieser Welt alles an nachdenkenswerten Dingen gibt!

Und über all diese Dinge genau nachzudenken, sie zu vergleichen, selbst zu beobachten – und sich dann zu fragen, wie die unzähligen Tierarten auf unserer Erde eigentlich wirklich entstanden sind, wurde das Werk eines Engländers: Charles Darwin, der die Welt des 19. Jahrhunderts mit seinen Antworten aus ihren biologischen Angeln hob.

EIN GENTLEMAN MIT GEHEIMNIS

Charles Darwin (1809–1882)
Nur die Angepaßten überleben!

Eigentlich hätte er ja Arzt werden sollen, so wie sein Großvater und sein wohlhabender Vater.
Und brav war der Engländer Charles Darwin im Sommer 1825 mit sechzehn Jahren sogar nach Edinburgh gezogen, um Medizin zu studieren.
Bis – ja, bis er dort das erste Mal bei einer Operation zusehen mußte: Der brüllende Patient, dem ohne Narkose zu Leibe gerückt wurde, und das Blut, das in Eimer voll Sägemehl lief – das alles war zuviel für den empfindsamen jungen Mann. Geschockt schwor er sich, nie wieder einen Operationssaal zu betreten.
Sicher, seinem Vater gegenüber hatte Charles deswegen ein schlechtes Gewissen.
Aber das hinderte ihn nicht daran, sich nun auch in Edinburgh immer häufiger seiner wahren Neigung hinzugeben – der Liebe zur Natur. Schon als kleiner Junge war Charles oft voller Übermut zum Fluß in der Nähe seines Elternhauses in Westengland gelaufen, hatte Stunden über Stunden mit Angeln zugebracht (wobei er die Würmer auf Befehl seiner älteren Schwestern zuvor in Salzwasser abtöten mußte, um ihnen die Qual des Aufgespießtwerdens zu ersparen), hatte Mineralien in seine Taschen gestopft oder Vogeleier aus Nestern geklaut.
Und statt für die Schule Latein und Griechisch zu pauken, hatte er von der Jagd auf Schnepfen und Rebhühner geträumt. Aufgebracht hatte Vater Darwin den fünfzehnjährigen Taugenichts schließlich angebrüllt: »Du interessierst dich für nichts außer Schießen, Hunde und Rattenfangen und wirst dir selbst und deiner ganzen Familie zur Schande gereichen!«

Ja, und nun, mit sechzehn, drohte die magenaufwühlende Begegnung mit der ärztlichen Kunst diesen mißratenen Sohn in den Augen des Vaters vollends zum Versager werden zu lassen. Nur mühsam konnte Charles sich zwingen, wenigstens noch ein paar Medizinvorlesungen zu besuchen. Viel lieber zerstreute er sich bei ausgedehnten Spaziergängen an der nahen Küste und sammelte Meerestiere, oder er verschlang stapelweise Bücher über Naturgeschichte, aus denen er sogar lernte, Vögel nicht nur als bewegliche Zielscheiben zu betrachten, sondern ihre Lebensweisen zu beobachten und aufzuschreiben.

Außerdem, warum sollte Charles sich eigentlich so plagen? Immerhin stammte er aus reichem Hause und wußte, daß er immer gut versorgt sein würde. »Wohlhabender Gentleman« war doch ein ehrenwerter Beruf!

Und so pflegte Charles seine Liebhabereien bald immer ausgeprägter, besuchte Vorlesungen über Pflanzen und Geologie und fuhr mit Schleppnetzfischern hinaus aufs Meer, um ihren Fang zu durchwühlen. Jede Kleinigkeit an der Natur interessierte ihn, Hauptsache, sie hatte nichts mit Medizin zu tun. Aber besonders liebte Charles die Zusammenkünfte mit gleichgesinnten Freunden, mit denen er über die Lebensweise des Kuckucks oder die Existenz von Meeresungeheuern plaudern konnte – und lauschte ihren erregten Diskussionen über die »Evolution«.

Diese Theorie von der »Entwicklung des Lebens« war Charles Darwin nicht unbekannt. Schon seit vielen Jahren hatte es immer wieder Stimmen gegeben, die die Frage nach dem »Woher« des Lebens zu beantworten versucht hatten. Und auch Charles' Großvater Erasmus Darwin hatte sich darüber seine Gedanken gemacht. »Wäre es zu kühn«, hatte dieser einst geschrieben, »sich vorzustellen, daß sich in dem großen Zeitabschnitt seit Entstehen der

Erde, vielleicht Jahrmillionen vor Beginn der Menschheitsgeschichte – wäre es zu kühn, sich vorzustellen, daß sich alle Warmblüter aus einem lebenden Keim entwickelt haben . . .?«

Wie auf einer Leiter sollten die Tiere dabei allmählich aus der gemeinsamen Urform nach oben gestiegen sein. Einige Arten seien ausgestorben, überlebt hätten nur die lebenstüchtigsten. Nur – wie die Natur das alles angestellt haben sollte, das wußte niemand. Denn noch war diese Evolution nichts weiter als eine mutige Idee, die sich in den Köpfen einiger Gelehrter festgesetzt hatte. Ein einfacher Gedanke. Einfach – und gottlos!

Ja, und genau darüber redete man sich in Charles' Bekanntenkreis also besonders gern die Köpfe heiß: über diese Evolutionstheorie, die keinen Schöpfer im Himmel benötigte, weil nach dieser Idee alles in der Natur nach irgendwelchen Regeln zu verlaufen schien. Kein einziges Tier, von der Ameise bis zum Elefanten, war demnach von Gott geschaffen worden.

Alles hatte sich von selbst entwickelt. O bedauernswertes, streng religiöses England! Wie sehr es bei dieser Vorstellung zitterte! Denn wenn man keinen Gott brauchte, überlegten die Leute der Kirche und der Regierung, vor wem hatten die Menschen dann noch Respekt? So ohne Fegefeuer für die Bösen und Belohnung im Himmel für die Guten – wie waren die Menschen noch davon abzuhalten, zu sündigen und die Gesetze zu übertreten?

Und noch etwas versetzte die Menschen in Angst und Schrecken: die Frage, woher der Mensch kommt. Sollte dieses einzigartige Wesen, dieses Geschöpf voller Geist und Seele, nach dieser neuen Theorie wirklich mit den Affen verwandt sein, wie ein paar Verrückte behaupteten?

»Nein und nochmals nein«, wetterte die besorgte Kirche und beharrte darauf, daß alles Leben vor etwa 6.000 Jahren von Gott erschaffen worden sei.

»Ja und nochmals ja, und wartet nur, wir werden euch beweisen, wie alles wirklich entstanden ist!« riefen die Evolutionisten. Und genau mit diesen verkehrte Charles – ohne auch nur im geringsten zu ahnen, daß ausgerechnet er es einmal sein würde, der dieses innerste Geheimnis der Natur lüften sollte. Er, der den Diskussionen mit »schweigendem Erstaunen« zuhörte, weil ihm die Theorie einerseits ja ganz gut gefiel, er aber andererseits merkte, wie aufrührerisch sie war; und überhaupt glaubte er an Gott. So sehr, daß er mit achtzehn Jahren nichts dagegen hatte, Priester zu werden, wie es sein Vater nach dem endgültigen Abbruch des Medizinstudiums forderte.

Ja, Charles schreckte nicht einmal das Studium mit Mütze und Talar – auch, wenn diese Robe gewaltig beim Käfersammeln störte. Denn Käfersammeln: das war seltsamerweise der große Sport in der Universitätsstadt Cambridge, die 1827 wie die ganze englische Nation von einer wahren Käferleidenschaft erfaßt worden war. Von wegen »mangelnde Zielstrebigkeit«, die ihm sein Vater vorgeworfen hatte. Wenn es ans Sammeln ging, war Charles inzwischen einsame Spitze! Bald nannte er ganze Kabinettschränke voller Käfer sein eigen, obwohl das Erwischen der Beute oft reich an Tücken war. Was machte man zum Beispiel, wenn man in jeder Hand schon einen Käfer hatte und einem dann plötzlich ein drittes Exemplar über den Weg krabbelte, das man sich nicht entgehen lassen durfte?

Solch irrige anatomische Vergleiche stellte man Anfang des neunzehnten Jahrhunderts an.

Nun, gewitzt steckte Charles den Käfer der rechten Hand in den Mund! Pech war nur, daß der Bombardierkäfer seinem Namen alle Ehre machte und dem Jäger eine brennende Flüssigkeit in die Kehle spritzte, worauf dieser vor

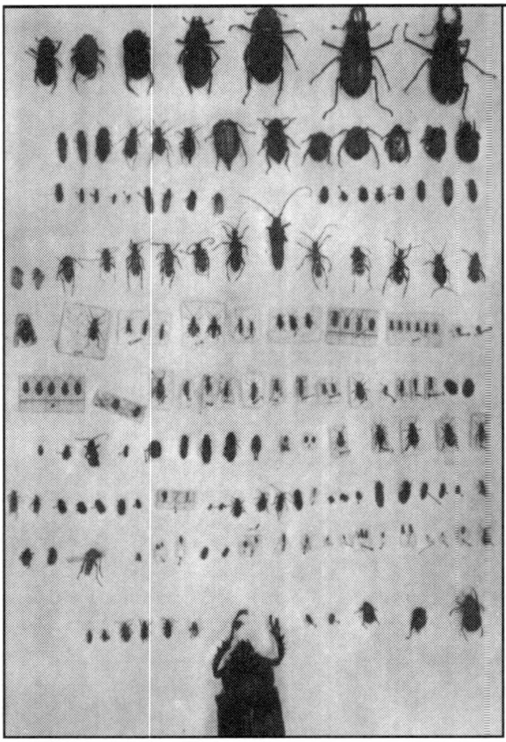

Schreck den Käfer ausspuckte – und auch die beiden anderen fallen ließ . . .
Vier Jahre zogen auf diese Weise ins Land. Jahre des Aufspürens und Verfolgens, des Präparierens und des Identifizierens der Beute anhand ihres Aussehens und ihrer Lebensgewohnheiten.
Dicke Handbücher mußten gewälzt und Beschreibungen verglichen werden, und half das alles nichts, dann beriet sich Charles mit den Professoren, denen der freundliche junge Darwin mit seiner Liebe zur Natur zunehmend Bewunderung abrang. Und zugleich waren es vier Jahre ohne jeden Gedanken an die Evolutionstheorie, die unter den gottesfürchtigen Studenten und altehrwürdigen Lehrmeistern der Theologie natürlich kein Thema war. Nein, Charles sammelte die Tierchen alleine zur Ehre Gottes.
Ein kleine, hübsche Pfarrei auf dem Lande betreuen zu dürfen, die ihm einmal viel Zeit für sein Hobby lassen würde, darauf freute er sich.
Doch kommt es nicht meistens anders, als man denkt? Kaum hatte Charles im Jahre 1831 den Abschluß seines Studiums endlich in der Tasche – da bot man ihm in einem Brief aus London die Teilnahme an einer wissenschaftlichen Weltumsegelung an. Als Naturforscher!
Solche Forschungsreisen waren zu Beginn des 19. Jahrhunderts schon lange nicht mehr so ungewöhnlich wie Maria Sibylla Merians vielbestaunte Reise nach Südamerika. Fast regelmäßig segelten inzwischen besonders englische Schiffe in die entlegensten Winkel der Erde, um über alles mögliche Daten zu erfassen. Mineralien, Pflanzenarten, Tiere – alles interessierte jetzt, und die naturgeschichtli-

Wenn es ans Sammeln ging, war Charles Darwin einsame Spitze! Diese Käfer zeigen, wie gründlich er auch auf der Reise mit der »Beagle« dabei verfuhr.

chen Museen Europas waren längst zum Bersten voll mit exotischen Exemplaren aus aller Herren Länder. Tatsächlich aber kannte man noch immer nur einen winzigen Bruchteil dessen, was die Erde an Merkwürdigkeiten zu bieten hatte. »Du bist genau der Mann, den sie suchen«, bekam Charles daher von seinem Botaniklehrer Henslow aus Cambridge im August 1831 versichert, »bestens dafür qualifiziert, zu sammeln, zu beobachten und zu beschreiben.« Verständlich, daß der zweiundzwanzigjährige Darwin bei so viel Lob wie auf Wolken schwebte! Das einzige, was noch zu tun blieb, war, Darwins Vater zu überzeugen, dem das alles so gar nicht gefallen wollte. Doch schließlich gelang auch das mit Hilfe eines Onkels: Immerhin sei »Naturgeschichte ja sehr geeignet für einen Geistlichen«, argumentierte dieser.

Und die Reise konnte beginnen: Am 27.12.1831 stach die »Beagle« in See.

Volle fünf Jahre dauerte die Fahrt. Seekrank war Charles fast ständig, »weit, weit über alles hinaus«, was er sich vorgestellt hatte, und in den heißen Gegenden war ihm, als würde er »in warmer geschmolzener Butter gedünstet«. Auch Heimweh plagte ihn.

Aber was war das alles gegen die Fülle an Neuem, die den jungen Mann in »ein Chaos des Entzückens« stürzte! Sein erster Hai, drei Meter hohe Ameisenhaufen, farbenprächtige Pflanzen, Korallen, Skorpione, gewaltige Fossilien, Hunderte Arten von Vögeln – ja, es war fast zuviel des Guten. Immer wieder mußte Darwin Kisten über Kisten voller Samen, Insekten, Muscheln, interessanter Steine, Bälge und Fische in Spiritus nach England senden, denn die Lagermöglichkeiten an Bord der kleinen »Beagle« waren rasch erschöpft gewesen. Und man stelle sich vor, schrieb er nach Hause, nachdem er eine prächtige Eidechse geschossen hatte, daß man ein solches Vergnügen als »Pflicht« bezeichnet!

Diese Karte von Südamerika zeigt die wichtigsten Häfen, die die »Beagle« auf ihrer Reise um den Kontinent angelaufen hat. Die Pfeile geben die große Richtung der Reiseroute an, die von zahlreichen Zwischenaufenthalten unterbrochen war, wodurch die Reise volle fünf Jahre dauerte.

Doch die Reise veränderte den jungen Mann auch, wie er später selbst beschrieb: »Während der ersten zwei Jahre hielt meine alte Leidenschaft für das Schießen noch in voller Kraft an, und ich schoß alle Tiere und Vögel für meine Arbeit selbst; allmählich aber gab ich mein Gewehr immer mehr und mehr und endlich gänzlich an meinen Diener ab, da mich das Schießen bei meiner Arbeit störte. Ich machte die Entdeckung, zunächst freilich unbewußt und ohne es zu bemerken, daß das Vergnügen, zu beobachten, nachzudenken und zu urteilen viel höher steht als das Vergnügen an Geschicklichkeit und Jagen.«

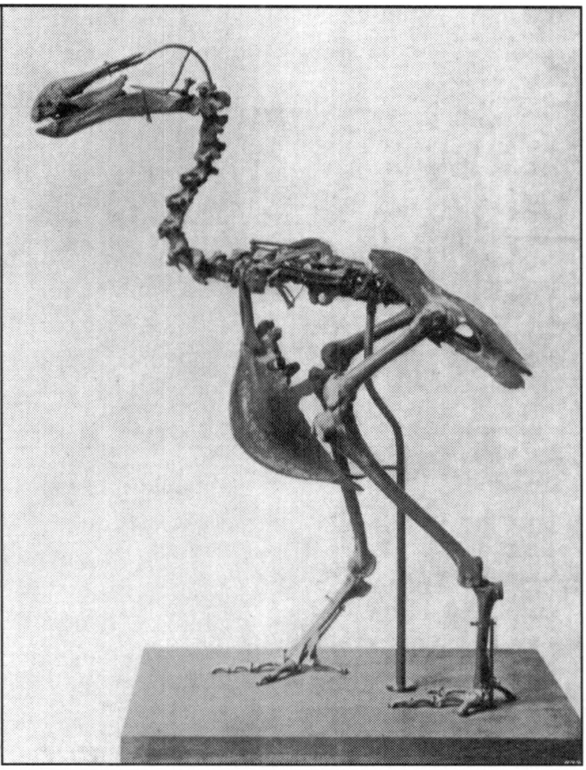

Von seiner Reise um die Welt brachte Darwin unzählige Skelette mit nach Hause.

Nachdenklich und beurteilend hatte er sie also gefüllt, die 770 Seiten Reisetagebuch, die 1.383 großen Notizblätter über Geologie und die 368 Seiten über Zoologie, die Darwin nach fünf Jahren Weltumsegelung im Oktober 1836 in Händen hielt. Und am Ende dieser Überlegungen stand für ihn eines fest: All die verschiedenen Lebewesen dieser Welt konnten nicht von Gott erschaffen worden sein!

Denn hatte Darwin nicht mit eigenen Händen an den verschiedensten Ecken der Erde Fossilien ausgegraben, die einander so ähnlich waren, daß ein Naturforscher einfach vermuten mußte, alle stammen voneinander ab?

Und hatte Darwin nicht mit eigenen Augen die trotz der ungeheuren Kälte nackten, wilden Menschen Feuerlands begafft, die auf ihn wie »verstörte Geister aus einer anderen Welt« gewirkt hatten? Ganz von selbst durcheilte er da »in

Die »Beagle« vor Feuerland. Zeitgenössisches Aquarell von Conrad Martens.

Gedanken vergangene Jahrhunderte und fragte sich: Könnten unsere Vorfahren so gewesen sein wie sie?«
Aber andererseits – wie war so etwas möglich? Wenn doch Gott für alles verantwortlich sein sollte! Wie konnte derselbe himmlische Schöpfer den Menschen einerseits so primitiv wie in Feuerland und andererseits so hoch entwickelt wie in England geschaffen haben?
Nein, sosehr sich Darwin auch bemühte, seine Grübeleien weniger harmlos zu deuten: Dieser gewaltige Artenreichtum bei Mensch und Tier, der ihm in den zurückliegenden fünf Jahren begegnet war, konnte nicht das Ergebnis eines einmaligen Schöpfungsaktes sein – unverändert erhalten vom sechsten Schöpfungstage an, wie es in der Bibel steht. Er mußte sich allmählich entwickelt haben. Als eine Anhäufung winziger Veränderungen, natürlich, schrittweise, langsam. Aus einem gemeinsamen Ahnen heraus. Charles Darwin war zum Evolutionisten geworden!
Na ja, so kurz nach der Reise vielleicht erst zum halben Evolutionisten. Denn so einfach ließen sich die vier Jahre Theologiestudium doch nicht wegwischen, in denen Darwin eingehämmert bekommen hatte, nie die Ehrfurcht vor Gott zu vergessen. Auch wenn er schon lange nicht mehr von einer Landpfarrei träumte.

»Abstoßend häßlich« und nur für den Kochtopf geeignet fand Darwin diese Riesenechsen, die auf den Galapagosinseln seine Wege kreutzten.

Daß dies nicht geschah, dafür sorgten die Kisten, die Darwin von der Reise nach Hause geschickt hatte.
1.529 Spezies in Spiritus und 3.907 etikettierte Häute, Felle, Knochen und andere getrocknete Exemplare warteten auf die Auswertung, und der verzweifelte Darwin hatte »nicht die geringste Ahnung, wie und wo« er anfangen sollte. »Das einzige, was ich weiß, ist, daß ich weitaus härter arbeiten muß, als es diese armen Schultern je gewohnt gewesen sind.« Außerdem wurde Darwin »in aufregendster Weise unter den Leuchten der Wissenschaft herumgereicht«, die sich sehr für die Erlebnisse des aufstrebenden jungen Naturforschers interessierten.
Und schließlich wurde er auch noch gedrängt, seine Reiseeindrücke in mehreren Büchern festzuhalten. Stolz wie ein Pfau genoß Charles diesen Trubel um seine Person und freute sich darüber, daß nun selbst sein strenger Vater mit ihm zufrieden war. Aber am allerliebsten saß der Sechsundzwanzigjährige doch alleine in seiner von Beutestücken überquellenden Wohnung, sortierte und dachte nach: über die Evolutionstheorie.
Dabei war es Darwin, als dränge sie sich ihm inzwischen geradezu auf. Nicht nur, daß er beim täglichen Ordnen auf immer neue Übereinstimmungen verschiedener Tierarten

Der Drontevogel.

stieß und sich darüber den Kopf zerbrach; nein, auch auf den vielen vornehmen Gesellschaften, zu denen Darwin geladen war, sprachen die Gäste wieder über sie, sogar mehr denn je. Ein guter Naturforscher, so munkelte man überall, würde das Geheimnis des Lebens sicher lüften können. Früher oder später. – Nun, es sollte später werden. Denn dieser Naturforscher, der der Evolution auf die Schliche kommen sollte, brauchte erst einmal Beweise. Tatsachen, um seinen Mitmenschen hieb- und stichfest erklären zu können, daß sie mit den Affen verwandt sind – was die feinen Damen und Herren der noblen englischen Gesellschaft bei aller Liebe zur Natur sicherlich nicht hören wollten.

Wer wußte das besser als Darwin, der sich in diesen Kreisen so selbstverständlich bewegte, wie es nur jemand konnte, der ihnen von Geburt an angehörte! Wie oft hatte er in den letzten Jahren miterlebt, daß Bücher, die von Hobbynaturforschern voller Begeisterung über die Evolution geschrieben worden waren, von den Herren der Wissenschaft ebenso begeistert verrissen wurden, weil die Beweisführung einfach zu stümperhaft gewesen war!

Das sollte ihm nicht passieren! Dann würde doch Schluß sein mit dem freundschaftlichen Schulterklopfen durch die Menschen, mit denen er täglich verkehrte!

Nur heimlich skizzierte der junge Mann deshalb im Jahre 1837 seine erste Idee: den »Stammbaum des Lebens«. Wie eine riesige alte Eiche wirkte er, und sein Stamm bildete für Charles Darwin die Urform, der alle Tiere entsprungen waren. So war das Leben nur einmal entstanden; und unser halber Evolutionist Darwin gestattete es Gott, vielleicht hier ganz am Anfang als Schöpfer in Aktion gewesen zu sein. Anschließend aber hatte sich der Stammbaum nach

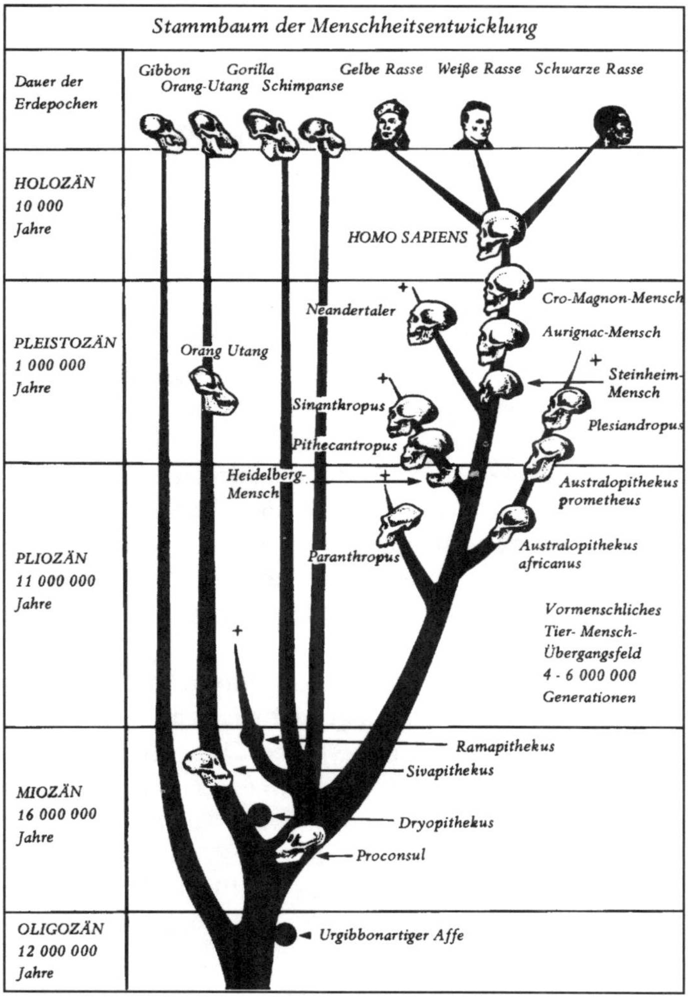

So stammt der Mensch vom Affen ab!

Sehr schön zeigt dieser Stammbaum auch,
daß die Schimpansen unsere nächsten Verwandten
im Tierreich sind.

Darwins fester Überzeugung die ganze Geschichte hindurch ohne Gottes weiteres Zutun verzweigt. Und je entfernter zwei Tiergruppen inzwischen voneinander waren, desto weiter unten am Stamm war ihr gemeinsamer Vorfahr zu finden und desto mehr abgestorbene Äste mußten dazwischen weggefallen sein.

Aber nun mußten bitte die Beweise dafür her! Unzählige Beweise, die diesen Stammbaum für alle Zeiten unwiderlegbar machen würden . . . Wieder und wieder wühlte sich Darwin durch seine Aufzeichnungen und vermutete bereits nach ein paar Monaten, daß die Evolutionstheorie nicht nur die Ähnlichkeiten im Körperbau von Mensch und Tier erklären konnte. Schließlich war gar nicht einzusehen, warum sich die Veränderungen der Lebewesen nur auf ihr Äußeres beschränkt haben sollten.

War es denn nicht viel wahrscheinlicher, daß auch die Lebensweise der Tiere in der Vergangenheit beeinflußt worden war? Und der Mensch bildete sicher »keine Ausnahme. Er besitzt einige der gleichen allgemeinen Instinkte und Gefühle wie die Tiere.« Dieser Gedanke wurde Darwin zur Gewißheit, als er im März 1838 in London das erste Mal einen Menschenaffen bestaunte: Jenny, der erste Orang-Utan, der je im Zoo zu sehen gewesen war, weswegen das dreijährige Affenweibchen für die Londoner rasch eine regelrechte Sensation darstellte. Wie menschenähnlich sie sich verhielt!

Begeistert schrieb Darwin an eine Schwester: »Der Wärter zeigte ihr einen Apfel, aber wollte ihn ihr nicht geben, worauf sie sich auf den Rücken warf, mit den Füßen strampelte und schrie, genau wie ein unartiges Kind. Dann sah sie sehr beleidigt drein, und nach zwei oder drei weiteren Wutanfällen sagte der

Ein Orang-Utan im Zoo.

Wärter: ‚Jenny, wenn du aufhörst herumzutoben und ein braves Mädchen bist, dann werde ich dir den Apfel geben.‘ Sie verstand sicherlich jedes Wort davon . . .«
Häufig sah man Darwin nun neben Jennys Käfig stehen, und je öfter er sie beobachtete, desto wütender wurde er auf seine arroganten Mitmenschen: »Der Mensch sollte sich den domestizierten Orang-Utan anschauen, seine ausdrucksvollen Klagelaute anhören, seine Intelligenz erleben . . ., seine Leidenschaft und seine Wut, sein Schmollen und seine Verzweiflungshandlungen«, schrieb er in sein Notizbuch. ». . . Und dann soll er noch einmal wagen, sich stolz als Krone der Schöpfung zu bezeichnen.«
Nur im verborgenen hatte Darwin diese Sätze niedergekritzelt, voller Verachtung für alle, die stur an Gottes Schöpfung glaubten. Aber abends schlürfte er genau mit diesen Menschen in aller Freundschaft weiterhin Portwein und lächelte sie an. Was würde passieren, wenn sie seine Maske

durchschauten? Wenn Darwin daran dachte, wurde ihm fürchterlich übel.

Doch die Arbeit hinwerfen, um endlich unbeschwert den Alltag eines wohlhabenden Gentleman genießen zu können? Dafür bereitete es Darwin viel zuviel Vergnügen, die Rätsel der Naturgeschichte zu entwirren. Er war zum Spürhund geworden. Ein Spürhund auf der Jagd nach gefährlichen Gedanken . . .

Nun, verglichen mit den »wilden« Feuerländern schien Jenny tatsächlich richtig liebenswert. Darwin genoß die Stunden in der Nähe des Orang-Utans aber vor allem, weil sie seine öde Schreibtischarbeit unterbrachen. »Ich habe so viel mehr Vergnügen an direkter Beobachtung . . .«, gestand der Neunundzwanzigjährige in einem Brief. Und sicherlich war diese Freude an Tieren mit ein Grund dafür, daß Darwin bald auch immer häufiger auf den Gutshöfen der Umgebung anzutreffen war, um alle möglichen Leute über die Züchtung edler Rassen auszuquetschen.

Denn der Stammbaum des Lebens – noch immer sorgfältig im Notizbuch verborgen – gab neue Rätsel auf: Daß die Natur die Tierarten im Verlaufe von Jahrmillionen tatsächlich verändert und der Umwelt angepaßt hatte, soweit war Charles Darwin die Sache ja mittlerweile klar. Aber wie hatte die Natur das angestellt?

Um das herauszubekommen, beobachtete Darwin also die Tierzüchter. Schafe, Rinder, Enten, Tauben, Pferde – alle Arten waren mit einemmal interessant, deren Eigenschaften die Züchter je nach der herrschenden Mode veränderten. Darwin brauchte sich nur anzusehen, wie Lord Oxford die Ausdauer seiner Windhunde erhöhte, indem er »die Besten aus jedem Wurf nahm und sie kreuzte«. Demnach hatte die ganze Sache

mit Vererbung zu tun. Und die Züchter wählten die gewünschten Merkmale: Sie selektierten.
So weit, so gut. Aber wer ist nun der Züchter in der Natur? fragte sich Darwin.
Er rückte diesem Problem ein kleines Stückchen näher, als ihm wenig später die dünne Broschüre eines erfahrenen Geflügelzüchters in die Hände fiel: »Ein harter Winter oder Nahrungsmangel hat all die positiven Auswirkungen der sorgfältigsten Selektion, weil er die Schwachen und Ungesunden ausmerzt«, hieß es darin. Und weiter: »In kalten und unfruchtbaren Ländern erreichen nur solche Tiere das Erwachsenenalter, die eine starke Konstitution haben; die Schwachen und Ungesunden leben nicht lange genug, um ihre Mängel an die Nachkommen weiterzugeben.« Die Weibchen fielen in der Natur daher »den kräftigsten Männchen« zu, und die »stärksten Exemplare« sicherten »sich selbst und ihren Nachkommen das beste Nahrungsangebot und die günstigsten Situationen«.
Evolution durch Selektion also, die Entwicklung des Lebens durch die Auswahl der Stärksten – Darwin war begeistert. Vor allem, als ihm dieser neue Gedanke zufällig bereits ein halbes Jahr später, im Herbst 1838, im Buch eines gewissen Thomas Malthus noch deutlicher begegnete. Von Hunger, Krankheit und Krieg war darin die Rede. Und vom ständigen Kampf des Menschen ums Dasein.
Kampf ums Dasein? Ja sicher, das war es! Dieser Daseinskampf spielte in der Natur die Rolle des Züchters! Er war es, der dafür sorgte, daß die besser ausgerüsteten Tiere überlebten und die schwächeren starben.
Die Überlebenden aber waren ihrer Umwelt besser angepaßt. Und da sich die Lebensbedingungen an den verschiedenen Plätzen der Erde im Laufe der Jahrmillionen verändert hatten, mußten sich allmählich so verschiedene Geschöpfe entwickeln, daß sie neue Arten gebildet hatten.
»Endlich hatte ich eine Arbeitstheorie gefunden«, schrieb

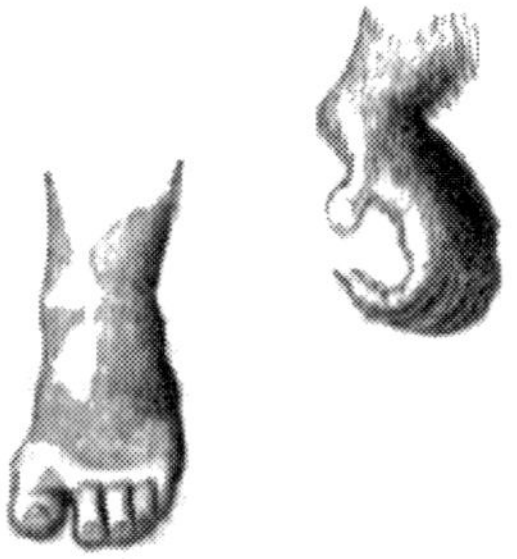

Fuß eines Menschen und eines Orang-Utans.

Darwin später. Wieder hieß es nun zu beobachten, zu notieren und sich Gedanken zu machen, um die neue Fährte mit Beweisen zu untermauern. Einsam ackerte Darwin vor sich hin und hatte das Alleinsein gründlich satt.
»Was ein Eheweib betrifft, dieses interessanteste Exemplar im ganzen Stammbaum der Wirbeltiere, so weiß allein die Vorsehung, ob ich je eines angeln werde . . .«, vertraute er einem Freund an.
Doch Darwin hatte Glück. Mit neunundzwanzig Jahren verliebte er sich in seine Cousine Emma Wedgewood – und sie sich auch in ihn. Emma war ausgesprochen reich, ausgesprochen geduldig und nett, ein Muster an Häuslichkeit – und vor allen Dingen ausgesprochen erfahren in Krankenpflege, was für Darwin inzwischen besonders wichtig war. Denn die Angst, seine Freunde und Bekannten könnten auf irgendeine Art und Weise von seiner gottlosen Arbeit erfahren, hatte ihn schwer krank werden lassen. Häufig spielte Darwins Magen vor Sorge so verrückt, daß der Forscher kaum eine Mahlzeit bei sich behalten konnte. Und die Arbeit ging weiter, auch wenn es für seine Umgebung nicht danach aussah.
»Ein lieber, guter Herr, schade, daß er nichts zu tun hat. Er verbringt seine Zeit damit, im Garten spazierenzugehen und kann eine Viertelstunde eine einzige Blüte betrachten«, erzählte zum Beispiel ein Gärtner der Darwins.
Daß sein Herr in dieser Viertelstunde Munition sammelte, um zu belegen, wie sich der Artenwandel auch im Pflanzenbereich abgespielt hatte, sah ja keiner. Aber erst recht ahnte keiner der Dienstboten, daß ihr Herr eifrig an der Artenfrage arbeitete, als er sich 1839 über die Wiege seines ersten Sohnes beugte! Stundenlang konnte der vernarrte Vater seinen schrumpeligen Sprößling betrachten – um die ersten Anzeichen von Zorn, Vergnügen oder Verstand gewissenhaft mit den Reaktionen des Orang-Utan-Weibchens Jenny zu vergleichen.

Ja alles, wirklich alles, von den Schnäbeln der Galapagosfinken bis hin zu den Kakteen im Gewächshaus, bot Darwin ein Guckloch in die innerste Wirkweise der Natur. Er wurde zu »einem Millionär an kuriosen und merkwürdigen Bagatellfakten«.
1842 war sich Charles Darwin völlig sicher, die Evolutionstheorie beweisen zu können – wenn, ja wenn er den Mut besessen hätte, seinen Mitmenschen zu erklären, sie seien mit den Affen verwandt.
War dies aber nicht, als »gestehe man einen Mord«? Einen Mord an Gott, dem Schöpfer? Vorsichtig und zurückhaltend formulierte Darwin daher nur für sich alleine eine 35 Seiten lange Zusammenfassung der Beweise und schrieb im Jahr 1844 eine Art Testament an Emma, in dem er sie bat, den Text nach seinem Tod zu veröffentlichen. Wenigstens dann sollte die Welt erfahren, daß der freundliche Gentleman, der ab und an ein sehr gutes Buch über Geologie oder Zoologie veröffentlicht hatte, ein grandioser Naturforscher gewesen war.
Doch es sollte mal wieder alles ganz anders kommen, denn die Zeiten änderten sich. Und zwar so rasend schnell, daß es allen wie eine Revolution anmutete – die industrielle Revolution. An allen Ecken schossen im gerade noch so verschlafenen England nun plötzlich in der Mitte des Jahrhunderts Fabriken aus dem Boden, in denen es hämmerte und pochte. In jedem Winkel entwickelten kluge Köpfe grandiose Maschinen, überall entdeckte man neue Chemikalien. Alles schien mit einemmal machbar zu sein.
Tja – und da sollte man noch an das Wunder der Schöpfung glauben? Das war überhaupt nicht einzusehen. Warum sollte ausgerechnet das Leben zu seiner Entstehung Gott benötigt haben, wo man jetzt erkannte, daß alles andere nach einfachen Naturgesetzen funktionierte?
Handfeste Erklärungen wollten die Menschen hören – und mochten den Pfarrern und Bischöfen darüber vor Entset-

zen die Haare noch sosehr zu Berge stehen und einige alte, verknöcherte Wissenschaftler noch so laut gegen die Evolutionstheorie wettern, weil diese »gefährliche Spinnerei« nicht in ihre alte, heile Welt passen wollte!
Darwin, krank wie immer, beobachtete dieses Brodeln in der Gesellschaft von seinem sicheren Landsitz aus mit großer Neugier. Und wenn er es auch weiterhin nicht wagte, seine Beweise offen hinauszuposaunen, so ließ er jetzt, durch die Stimmung im Lande ermutigt, doch wenigstens hin und wieder in Gesprächen mit guten Freunden die Katze aus dem Sack.
Aufgeregt drängten ihn die Vertrauten, seine Notizen nicht länger geheimzuhalten. Denn jetzt, da der »Artenwandel« in aller Munde sei, sei die Zeit für Darwins Beweise nicht nur reif – sondern verflixt knapp!

Brüteten nicht mittlerweile unzählige Gelehrte mit Hochdruck über dem heißen Eisen Evolution und suchten nach Erklärungen?
Es würde »mich gewiß ärgern, wenn jemand vor mir meine Thesen publizierte«, gab Darwin zu. Und er begann – trotz der Angst, daß ihn die vielen, vielen, die noch an die Schöpfung glaubten, für seine Thesen »mit Steinen bewerfen« könnten –, die Aufzeichnungen zu einem Buch zu formen. Gewissenhaft wie immer überprüfte der Forscher dabei nebenher einzelne Teile seiner Theorie noch einmal, sezierte Tauben oder Kaninchen aus aller Welt, um ihre Skelette zu vergleichen, und ärgerte sich fürchterlich, wenn er einen Fehler bemerkte: »Ich bin der jämmerlichste, konfuseste, dümmste Hund in ganz England!«

Zwei Schritte vorwärts und einen zurück ging es in dem idyllischen Landhaus bei London auf diese Weise. Und zwei vor, eins zurück ging es mit der Evolutionstheorie in dieser Zeit auch in der Bevölkerung, die sich inzwischen völlig in die »Affenfrage« vernarrt hatte. Ganz aufgeregt war man, seit in Westafrika zum ersten Mal ein Gorilla gesichtet worden war: Mit diesem wilden Gesellen, finster dreinblickend und »furchtbar primitiv«, sollte man tatsächlich verwandt sein?

Darwin glaubte fest daran. Trotzdem bereiteten ihm beim Niederschreiben seiner Beweise ausgerechnet die Stellen Probleme, an denen er selbst den Menschen zum Affen werden lassen sollte. »Du wirst mehr Unheil anrichten, als zehn Naturwissenschaftler wieder gutmachen können!« warnte ihn auch ein Eingeweihter. Und so zwang sich Darwin, seine Beweise für die Evolution nur aus dem Tierreich zu wählen, ohne das Wort »Mensch« zu erwähnen.

»Schlecht« lief die Arbeit, und der Neunundvierzigjährige hatte sie inzwischen »von Herzen satt«. Nur die Sehnsucht nach der »Seifenblase des Ruhmes« trieb Darwin voran . . .

Ja, und dann brachte der Briefträger am 18. Juni 1858 ausgerechnet diesem Mann ein Päckchen, das seine gesamte Arbeit zur Evolution mit einem Schlag zu zerschmettern schien. Die halbe Welt hatte es von Indonesien aus umrundet. Und es enthielt zwanzig Seiten, beschrieben von einem Engländer namens Wallace – der genau wie Darwin entdeckt hatte, wie die Arten entstanden waren.

Darwin war wie betäubt. Man war ihm »zuvorgekommen«! Zwanzig Jahre lang umsonst beobachtet, nachgedacht, gebangt!

Bestürzt wandte sich Darwin an zwei seiner engsten Vertrauten, Hooker und Lyell. »Gib dein Werk zusammen mit dem Aufsatz von Wallace bekannt, und zwar rasch«, schrieben ihm die beiden Naturwissenschaftler zurück. Doch Darwin zögerte. Denn sah es dann nicht so aus, als würde er Wallace um seine Lorbeeren bringen wollen? »Viel lieber würde ich mein ganzes Buch verbrennen, als daß er oder irgendein anderer denken sollte, ich hätte schäbig gehandelt.« Ach, wie verzwickt die Lage war!

Und als ob dies alles nicht schon schlimm genug gewesen wäre, hielt das Schicksal noch einen weiteren Keulenschlag bereit. Darwins jüngster Sohn, Emmas zehntes Kind, starb an Scharlach. Es war, nach dem frühen Tod seiner Lieblingstochter Annie, schon das zweite Kind, das die Darwins verloren.

»Ich kann jetzt nicht denken . . .«, schrieb der verzweifelte Vater. Er war am Ende.

Das Denken und vor allem das Handeln übernahmen daraufhin Hooker und Lyell. Während Darwin elend und krank zu Hause verharrte, sorgten sie in Windeseile dafür, daß die Ergebnisse der Herren Wallace und Darwin bereits am 1. Juli 1858 auf einer Versammlung der anerkannten Londoner »Linnean Society« nacheinander von einem Sekretär verlesen wurden.

Zugleich benachrichtigte man Wallace. Seine liebenswürdige Zustimmung zur gemeinsamen Veröffentlichung traf im Januar 1859 ein (so lange brauchte die Post nun mal von England nach Indonesien und zurück). Ja, Wallace vom anderen Ende der Erde freute sich sogar, Darwin Dampf gemacht zu haben. Und das hatte er wirklich! Denn obwohl Darwin durch seinen kranken Magen inzwischen »so schwach wie ein Kind« geworden war, kritzelte er, nachdem die Öffentlichkeit seine heimlichen Gedanken zum ersten Mal gehört hatte, wie ein Besessener, angetrieben von »einem wahnsinnig starken Wunsch, mein verdammtes Buch zu beenden«.

Es war ein dickes »Kind«, das da am 22. November 1859 nach zwanzig Jahren Schwangerschaft das Licht der Buchläden erblickte. Und es hatte, so wie es damals Mode war, einen langen Namen: »Die Entstehung der Arten durch

natürliche Auslese oder die Erhaltung begünstigter Rassen im Kampf ums Dasein«.
Vor allem aber war das Buch so schwer zu lesen, daß selbst die Wissenschaftler wochenlang daran zu kauen hatten.
Und dies waren Darwins wichtigste Grundthesen:

- Die einzelnen Tier- und Pflanzenarten haben einen Überschuß an Nachkommen.
- Ein Teil davon wird durch den Daseinskampf vernichtet.
- Erhalten bleiben die Lebewesen, die sich der Umwelt am besten angepaßt haben, zum Beispiel Giraffen mit längerem Hals, die auch die oberen Blätter erreichen können.
- Durch diese »natürliche Auslese« entsteht eine Vielzahl von Arten.

Zum ersten Mal war damit die »Entstehung der Arten« begründet worden. Da mochte der fünfzigjährige Darwin sein Werk noch sosehr für einen bloßen »Lumpen von einer Hypothese« halten, »mit so vielen Webfehlern und Löchern wie brauchbaren Teilen« – dieser Lumpen sorgte für die größte Revolution in der Naturgeschichte!
Hoch her ging es bei den Diskussionen! Bis sich so ganz allmählich, von Jahr zu Jahr ein wenig mehr, die »Darwinisten« durchsetzten.
Der Forscher selbst jedoch beobachtete dies alles wieder einmal nur aus der Ferne. Tag für Tag schlenderte er durch sein Gewächshaus, freute sich an seiner Sammlung fleischfressender Pflanzen, beschäftigte sich dann ein wenig mit der natürlichen Auslese bei Orchideen, um die »vermaledeiten Hähne, Hennen und Enten« vergessen zu können, und beobachtete im Sommer 1863 von seinem Krankenlager im Arbeitszim-

mer aus die kreisenden Bewegungen langer, lassoartiger Gurkenranken. »Ich habe großen Spaß an meinen Ranken«, schrieb er an Hooker, »das ist genau die Art zu trödeln, die mir liegt.« Nicht einmal Ehrungen besuchte Darwin. Lieber ließ er sich die Medaillen nach Hause bringen. Und kam der Besuch, und der kam nun häufig, so war das für den Forscher eine echte Belastung. »Ich werde es ungeheuer genießen«, witzelte er einmal vor einem Dinner, »wenn es mich nicht umbringt.« Ruhe suchte er. Nichts als Ruhe vor den Angriffen all jener, die trotz des Siegeszuges des Darwinismus noch immer an Gott als Schöpfer glauben wollten und Darwins eindeutige Argumente zerrissen und zerpflückten. – Aber es kam die Zeit, da waren selbst die Darwinisten nicht mehr völlig mit ihrem Meister zufrieden: Warum hatte er in der »Entstehung der Arten« den Menschen nicht erwähnt?

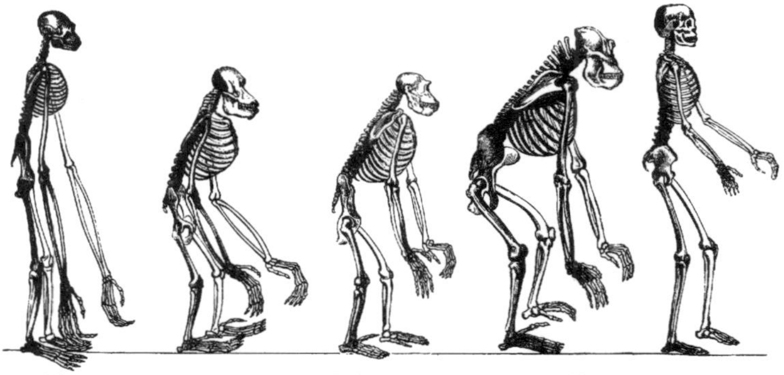

Gibbon   Orang-Utan   Schimpanse   Gorilla   Mensch

Nichts interessierte schließlich mehr als seine Abstammung! Und so beschloß der Forscher im Jahre 1867, doch noch ein Buch über den Menschen zu schreiben. Niemand sollte ihn mehr hänseln können, daß er dies Thema ausgeklammert hatte – ihn, den großen, knorrigen Darwin mit dem buschigen, grauen Bart und dem müden Gesicht voll starrer Traurigkeit.

Natürlich reizte Charles Darwins Abstammungslehre die Spötter. Hier wurde Darwin selbst zum Affen gemacht.

Entwicklung des Künstlers aus Pinsel und Farbentopf.

Wieder ging Darwin in den Zoo, beobachtete Fasane bei der Balz, ließ Elefanten trompeten oder steckte den Affen Schlangen in die Käfige, um ihre Instinkte zu testen.
O ja, diese Tiere fühlten Angst und Schmerz, sie reagierten mit Muskelzittern und Herzklopfen wie die Menschen! Und Freude, Mutterliebe, Eifersucht: das alles war bei genauem Hinsehen ebenso vorhanden. Keine Regung blieb dem Verhaltensforscher verborgen.
Zu Hause dagegen wartete der theoretische Teil. Täglich enthielt Darwins Postsack Berichte über Affenmähnen und bärtige Inder, Bergwerksingenieure von Malakka bis Nicaragua klärten den Forscher seitenlang über einheimische Sitten und Gebräuche auf, und befreundete Neuseeländer gingen dem Schönheitssinn der Maoris auf den Grund. Ja, an allen Zipfeln der Erde wurden Eingeborene sogar anhand Darwins gedruckter »Fragebögen über Gefühlsäußerungen« interviewt. Und alles wurde gesammelt, verglichen und hinterfragt. Selbst ein böser Reitunfall mit seinem Lieblingspferd Thommie, das ihn nach einem Sturz überrollte, konnte Darwin nicht stoppen. Nur das Reiterleben war damit zu Ende. Darwins Forscherleben aber bescherte der wißbegierigen Menge im Frühjahr 1871, zwölf Jahre nach der »Entstehung der Arten«, endlich »Die Abstammung des Menschen«.
»Das Werk ruft allerseits einen Sturm gemischter Gefühle – Zorn, Überraschung und Bewunderung – hervor«, schrieb eine Zeitung. Doch Darwin stellte erleichtert fest,

Mantelpaviane bei einem Angriff. Zeichnung, 19. Jh.

daß bald jeder über die 900 Seiten redete, »ohne schockiert zu sein«. Nun gut, da nannte ihn einer »einen alten Affen mit behaartem Gesicht«. Aber solche Kleinigkeiten störten Darwin nicht wirklich, dafür gab es einfach zuviel Beifall. Die meisten Menschen Englands akzeptierten, mit Affen verwandt zu sein.

Und sie akzeptierten auch, daß ihre menschlichen Gefühle nichts anderes waren als die Weiterentwicklung tierischer Instinkte. Angst? Sie war nichts anderes als die im Tierreich so sinnvolle Vorbereitung zur Flucht. Und Ekel? Er war im Ursprung der Schutz vor schädlicher Nahrung.

Vor allem aber gefiel den Lesern, wie lebhaft Darwin in seinem Buch die Tiere schilderte. Wen rührte nicht der alte Pavian, der »seinen jungen Spielkameraden aus einer Meute verblüffter Hunde rettete«! Mit solch mutigen Wesen war man gerne verwandt! Auch in Deutschland, Frankreich und Amerika, wo junge Wissenschaftler inzwischen mit überschäumender Begeisterung darangingen, Darwins Ideen bekannt zu machen.

Darwin selbst aber war müde. Noch einmal hatte er sich gleich nach der Fertigstellung der »Abstammung« damit gequält, die »Entstehung der Arten« fast völlig neu zu schreiben, um auch die letzten Gegner der natürlichen Auslese mit noch besseren Beweisen endlich zum Verstummen zu bringen. Gut, daß sich jetzt Jüngere darum kümmerten. Das Leben des zweiundsechzig Jahre alten Gentleman war zu kurz dafür geworden.

Nur ein Gedanke der Evolution brannte Darwin noch persönlich unter den Nägeln: die »Gemütsbewegungen«. Dieses Manuskript war ein Ableger der »Abstammung des Menschen«, ein Teil, der ein Eigenleben bekommen hatte. Stößeweise durchstöberte Darwin dafür das ganze Jahr 1871 hindurch ein letztes Mal die Informationen über Bärte in Bombay und die Zeichensprache der Singalesen, die Gestik der Gauchos und die Art, wie die verschiedenen

Rassen Freude, Leid und Schmerz ausdrückten. Auch die alten Aufzeichnungen über das Orang-Utan-Weibchen Jenny und über seine eigenen, nun schon lange erwachsenen Kinder kramte der Forscher wieder ans Licht. Wie sehr hatten ihre manchmal traurig hinabgezogenen Mundwinkelchen doch die Affenvorfahren verraten!

»Ausdruck der Gemütsbewegungen bei den Menschen und den Tieren«:

Und so folgerte Darwin, daß Mensch und Tier nicht nur die Gefühle gemeinsam haben (wie er es in der »Abstammung des Menschen« geschildert hatte), sondern sogar die Mittel, sie auszudrücken. Ja, auch die Gesichtsmuskeln des Menschen waren nicht von Gott erschaffen worden, um ihre »erlesenen Gefühle« auszudrücken – sie hatten sich entwickelt, weil sie nützlich waren.

Seine Überlegungen dazu sprachen für sich selbst:
Ein Mensch, der erkennen kann, wann ein Feind wütend wird und bereit ist zuzuschlagen, hat durch eine rechtzeitige Flucht eine bessere Überlebenschance als ein Lebewesen, das diese Fähigkeit nicht besitzt. Und woher weiß der Mensch, was der andere fühlt? Weil es ihm »im Gesicht geschrieben steht«!

Ausdruck des Entsetzens.

Der »Ausdruck der Gemütsbewegungen bei den Menschen und den Tieren« erschien 1872. Es war eines der ersten Bücher mit fotografischen Illustrationen. Hunderte von Bildern hatte sich Darwin dafür zuschicken lassen, von sich krümmenden Schauspielern, weinenden Babys und lachenden Eingeborenen. Und wenn auch das Buch durch diese allerneueste Technik enorm teuer wurde, so machten es andererseits gerade die Aufnahmen ungeheuer begehrt. Darwins Idee, »Mimik und Gestik in den Dienst der Evolutionstheorie zu stellen«, fanden die meisten Leser inzwischen ohnehin brillant.

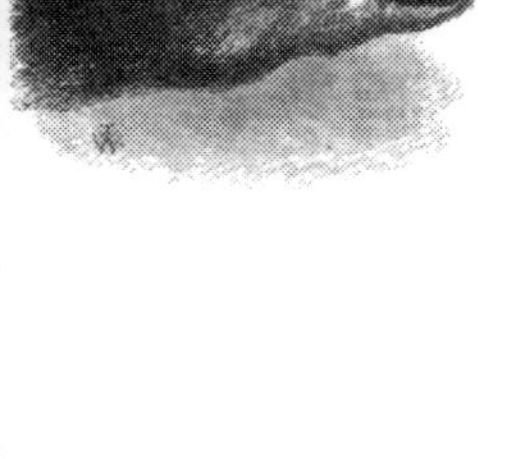

Links: Wütender Hund.

Endlich, endlich hatte Charles Darwin alles zur Evolution gesagt und getan!

Aber sich aufs Altenteil begeben? Es warteten doch noch die Gewächshäuser voller Pflanzen, diese alten botanischen Leidenschaften, die Darwin schon vor Jahren gepackt hatten! Ob Venusfliegenfallen oder Sonnentau, sie alle bekamen ab sofort vom Forscher höchstpersönlich Milch und Urin, Speichel und Tee, Roastbeaf und Gemüse, Ei und Kobragift serviert. Und wie sie darauf reagierten, das konnten die Engländer 1875 in dem 450 Seiten starken Werk »Insektenfressende Pflanzen« nachlesen. Weiter ging es. Da mochte Emma, die »kluge Beraterin«, noch sosehr schimpfen und ihren kranken Mann zu mehr Ruhe ermahnen – der »alte Hund«, wie er sich selber nannte, hatte noch ein paar Knochen zu zernagen. Orchideen und die Befruchtung der Pflanzen beschäftigten ihn erneut, ebenso wie die Bewegungen der Ranken.

Oben: Schimpanse, enttäuscht und mürrisch. Rechts: Ausdruck der Freude.

Das Arbeitszimmer glich einem Dschungel. Unbefangen redete Darwin mit den Gewächsen, lobte sie oder schimpfte die »kleinen Lumpen«, wenn sie nicht das taten, was er wollte. Seinem Sohn Frank, der oft half und den Pflanzen zum Beispiel gehorsam auf dem Fagott vorspielte, schien es dabei, »als zwinge ihn eine äußere Macht« zu diesen »Narrenexperimenten«.

All dies endete – wie immer – in dicken Büchern, die sich gut verkauften, und irgendwann dazwischen nahm Darwin überdies eine Biographie für seine Angehörigen in Angriff; das heißt, wenn er nicht gerade an einen der unzähligen Menschen auf der ganzen Welt schrieb, mit denen er vom Schmetterling bis zum beschwipsten Affen über alles mögliche korrespondierte. Ja, und dann ging es zu guter Letzt unter die Erde, hinab zu den Regenwürmern. Schon seit langem

Hund in feindlicher Stimmung.

hatten sie Darwin fasziniert, und er hoffte, ihre Lebensweise noch beschreiben zu können, bevor er selbst unter der Erde liegen würde. Sogar nachts stolperte Darwin zu diesem Zweck durch das mit Töpfen voller Würmer vollgestopfte Billardzimmer und untersuchte, wie seine Schützlinge auf Kerzen- und Laternenlicht reagierten: kaum. Hitze beeindruckte die Kerlchen noch weniger, nicht einmal ein in ihre Nähe gehaltener glühender Schürhaken. Und schließlich konnte Darwins Enkel Bernard die Trillerpfeife noch so laut blasen, Frank sein Fagott strapazieren und Emma das Klavier bearbeiten: Die Würmer ließ auch das kalt. Geruchs- und Geschmackssinn und die Art, wie sie Blätter in ihre Röhren zogen – alles wurde getestet. Es war das letzte große Aufbäumen eines in Ehren ergrauten Verhaltensforschers. Denn als Darwin das Manuskript über die Regenwürmer im Frühjahr 1881 beendete, besaß der Zweiundsiebzigjährige »weder das Herz noch die Kraft«, etwas Neues zu beginnen. Charles Darwin war dennoch zufrieden. Noch immer gab es Würdigungen zu empfangen, noch immer gab es Emma, die gute Seele. Ein paar Wurzeln waren noch zu untersuchen, ein wenig in der Gemeinde zu richten. Dann ereilten Darwin im Winter 1881/82 zwei schwere Schwächeanfälle. Über so viel hatte der Forscher in seinem langen Leben Buch geführt: über unzählige Tiere und Pflanzen, über seine große Familie, ja selbst über die

Hund in Demutshaltung.

Schmeichelnde Katze.

Katze in Angriffshaltung.

Für seine Bewunderer strahlte Darwin besonders im Alter »eine bezaubernde Art von ruhiger Kraft aus«. Die Gegner aber sahen in ihm »jemand mit einer Denkschwäche, um die man niemanden beneiden kann«.

Ergebnisse des allabendlichen Backgammon-Spieles mit seiner Frau. Emma, »die arme Haut, hat nur 2.490 Spiele gewonnen, während ich, hurra, hurra, 2.795mal gesiegt habe«, notierte Darwin am 28.1.1876.
Nun blieb dem Forscher nur noch, sein Sterben zu protokollieren. Donnerstag: »Magen äußerst schlecht – ging um zwei Uhr zu Bett, aber keine Schmerzen . . .«
Freitag: »1 Anfall, leichte Schmerzen, 1 Dosis.«
Er war sein letztes Experiment. Charles Darwin starb am Mittwoch, dem 19. April 1882 um 4 Uhr nachmittags.

Charles Darwin wurde durch seine Theorie, daß das Überleben eines Tieres nicht nur von seinem Körperbau abhängt, sondern auch von seinem angeborenen Verhalten, zum Mitbegründer der vergleichenden Verhaltensforschung (zu der wir später noch ausführlich kommen werden).

Doch was ist das eigentlich: Verhalten? Woraus setzt es sich zusammen?

Und – wie kann man Verhalten genau erforschen? Durch die reine Beobachtung der Tiere?

»Aber natürlich«, werden viele Tierfreunde auf die letzten beiden Fragen antworten. »Immerhin sehen wir ja, was ein Tier tut und wie es sich in bestimmten Situationen verhält.« Zum Beispiel, wenn eine junge Schwalbe zum ersten Mal das Nest verläßt: Wie ungeschickt sie zunächst mit ihren Flügelchen schlägt! Da kann man schließlich mit eigenen Augen verfolgen, wie das zarte Vogelkind durch die vielen Übungsstunden bei seinen Eltern mit der Zeit lernt, immer sicherer durch die Lüfte zu segeln.

Das denken wir uns so. Doch als ein kluger Kopf einmal auf den Gedanken kam, junge Schwalben in engen Käfigen aufwachsen zu lassen, in denen einfach kein Platz zum Flattern war, da stellte sich etwas ganz anderes heraus. Denn als man diese »Käfigvögel« zum ersten Mal mit anderen Jungen gleichen Alters freiließ, die das Fliegen gerade ganz normal gelernt hatten – da flogen sie genauso gut! Womit bewiesen war, daß das Fliegen»lernen« einer Schwalbe ohne jede Übung erfolgt; es ist angeboren. Die rührende Unbeholfenheit der ersten Flugversuche normal aufgewachsener Vogelkinder kommt wahrscheinlich einfach daher, daß der Trieb zu fliegen schon da ist, ehe die Flügelchen und Flugmuskeln überhaupt voll entwickelt sind.

Was dieser einfache Versuch zeigte? Nun, daß unsere bloßen Beobachtungen, so genau sie auch sein mögen, ganz schön irreführend sein können. Und genau das war, zusammen mit einem immer größer werdenden Wissensdurst, der Grund, warum die Wissenschaftler im 19. Jahrhundert immer mehr dazu übergingen, die ganze »Maschinerie« des tierischen Verhaltens im Labor zu zerlegen: Nur hier, im Experiment, glaubte man, exakt feststellen zu können, was Verhalten wirklich ist und woraus es sich zusammensetzt. Die Geburtsstunde der Tierversuche hatte geschlagen.

Doch einer, der sie am lautesten mit einläutete, sogar mit Hilfe einer echten kleinen Glocke, war eigentlich gar kein Verhaltensforscher: der Russe Iwan Pawlow.

GLOCKENKLÄNGE IM TURM DES SCHWEIGENS

Iwan Petrowitsch Pawlow (1849–1936) Wie Tiere lernen

Eine leichte Kindheit hatte Iwan Pawlow sicher nicht gehabt. Dazu waren die Verhältnisse, in die er am 14. September 1849 hineingeboren wurde, einfach zu ärmlich gewesen. Das altrussische Bauerndorf Ryazan, in dem sich sein Vater als Geistlicher niedergelassen hatte, lag dreihundert Kilometer von Moskau entfernt und wirkte verschlafen; zehn jüngere Geschwister mußten vom kargen Einkommen durchgefüttert werden – und daß die Kinder fest mit anzupacken hatten, nun, das war selbstverständlich gewesen.

Daran änderte sich für Iwan auch wenig, als er mit sieben Jahren nach einem Treppensturz mit dem Schädel so hart auf dem Boden aufschlug, daß er danach fast ständig Kopfschmerzen hatte. Nur zur Schule brauchte der Junge nicht mehr zu gehen. Ganze vier Jahre lang; bis die schwere Gehirnerschütterung endlich ausgeheilt war und Iwan mit elf Jahren auf Wunsch des Vaters in ein nahe gelegenes Seminar zog, um ebenfalls Priester zu werden.

Eine ungeliebte Pflicht? Ganz im Gegenteil. Endlich durfte der aufgeweckte Junge lernen und lesen, soviel er wollte! Voller Dankbarkeit erinnerte sich Pawlow später daran, daß er im Büchersaal des Seminars sogar »ungestraft« die Werke über die verschiedenen Naturwissenschaften in die Hand nehmen konnte, die ihn bereits nach kurzer Zeit mehr als alles andere reizten – weshalb Iwan Pawlow schließlich auch nicht Priester wurde, sondern Naturwissenschaftler. Oder genauer gesagt: Mediziner.

Große Lust, sich sein Leben lang als Arzt auf dem Lande um die großen und kleinen Zipperlein großer und kleiner

Patienten zu kümmern, verspürte der junge Mann nach dem höchst erfolgreichen Abschluß seines Studiums im Jahre 1879 allerdings nicht. Dafür liebäugelte Pawlow viel zu sehr mit einem besonderen Zweig der Medizin: der Physiologie. Diese Lehre von den »Lebensvorgängen im Körper von Mensch und Tier« war seit einigen Jahren dabei, sich geradezu explosionsartig auszubreiten. Überall wurden Laboratorien neu gegründet; überall versuchten die meist jungen Wissenschaftler dieses Faches mit wahrer Begeisterung, den Aufgaben der einzelnen Organe und Zellen auf die Schliche zu kommen. Und diese Begeisterung benötigten die Forscher auch dringend, denn ihre Gehälter waren alles andere als üppig.

Sparsamkeit war also angesagt. Aber das war Iwan Pawlow ja gewohnt. Ohne Murren bezahlte er die Kosten für seine Versuche über den Blutkreislauf und die Verdauung aus der eigenen Tasche, aß nur, wenn der Magen wirklich knurrte, baute aus einer leeren Sardinenbüchse einen Brutschrank und verbrachte die Nächte im Labor, um Miete zu sparen. Ja, selbst nachdem Pawlow mit einunddreißig Jahren geheiratet hatte, lebte er weiter im Labor, während seine junge Frau bei Verwandten wohnte.

Wie sehr muß dieser Forscher wohl von seiner Arbeit fasziniert gewesen sein, damit er all das auf sich nahm! Bis hin zu den Tierexperimenten, die dazu notwendig waren: »Wenn ich ein lebendes Tier schneide und vernichte, höre ich in mir den scharfen Vorwurf, daß ich mit grober ungebildeter Hand einen unaussprechlich kunstvollen Mechanismus zerbreche, aber ich ertrage das im Interesse der Wahrheit, zum Nutzen der Menschen«, bemühte sich Pawlow einmal, sein Handeln zu erklären.

Denn Tierversuche standen schon damals längst im Kreuzfeuer der Kritik. Selbst Charles Darwin hatte sich gelegentlich seine »völlige Gleichgültigkeit gegenüber dem Leiden der Tiere« vorwerfen lassen müssen und die erbitterten

Ein Herr mit eisernen Grundsätzen: Iwan Petrowitsch Pawlow.

Proteste der Tierversuchsgegner zu spüren bekommen, die besonders unter den tierlieben Engländern viele Anhänger hatten – auch Darwins Tochter Henrietta, was dem um Frieden bemühten Vater zu dem Motto verhalf: »Nicht in Gegenwart der Damen von Tierversuchen sprechen!« Doch in der Öffentlichkeit bekannte Darwin ohne Zögern: »Die Physiologie kann nur durch Versuche am lebenden Tier

Fortschritte machen.« Ihr Verbot sei daher nichts anderes als ein »Verbrechen gegen die Menschheit«.
Und so sah es auch der junge Iwan Pawlow, der seine inneren Zweifel zusätzlich dadurch zu mildern versuchte, daß er mit den Versuchstieren liebevoll umging und die Operationen schonend durchführte. Operationen an Hunden, für die Suche nach der »Wahrheit«.
Diese Wahrheit fand Pawlow schließlich am Institut für experimentelle Medizin in Petersburg derart gründlich, daß der Professor »in besonderer Anerkennung seiner Arbeiten auf dem Gebiet der Physiologie der Verdauung« 1904 sogar den Nobelpreis für Physiologie und Medizin verliehen bekam.
Fünfundfünzig Jahre alt war der Forscher nun, angesehen und weltbekannt, und manch einer hätte sich an seiner Stelle wohl auf den ruhmreichen Lorbeeren zur Ruhe gesetzt. Aber Pawlow? Sage und schreibe vierzig Bücher und Vorlesungen veröffentlichte der unermüdliche Denker zwischen seinem siebenundvierzigsten und zweiundsiebzigsten Lebensjahr! Und seine bekannteste Forschungsarbeit aus all diesen Jahren wurde zugleich eines der berühmtesten Experimente der Tierverhaltensforschung: Denn Iwan Pawlow bewies, wie Tiere lernen.
Alles hatte damit begonnen, daß Pawlow bei seinen Untersuchungen über die Verdauung immer wieder aufgefallen war, wie erwartungsvoll seine Versuchshunde oft schon zu geifern angefangen hatten, sobald sie ihr Futter nur aus der Ferne sahen oder die Schüsseln klappern hörten. Nichts Ungewöhnliches an sich, Millionen Hundebesitzer kennen das. Doch im Unterschied zu diesen Millionen begann sich der Forscher darüber zu wundern.
Sicher, seine früheren Experimente zur Verdauung hatten Pawlow bereits angezeigt, daß Welpen über einen angeborenen Speichelreflex verfügen. Er wird ausgelöst, sobald die jungen Hunde zum ersten Mal Fleisch im Maul gehabt

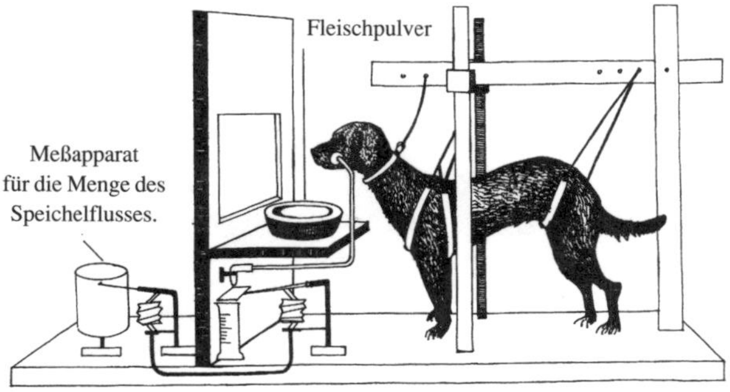

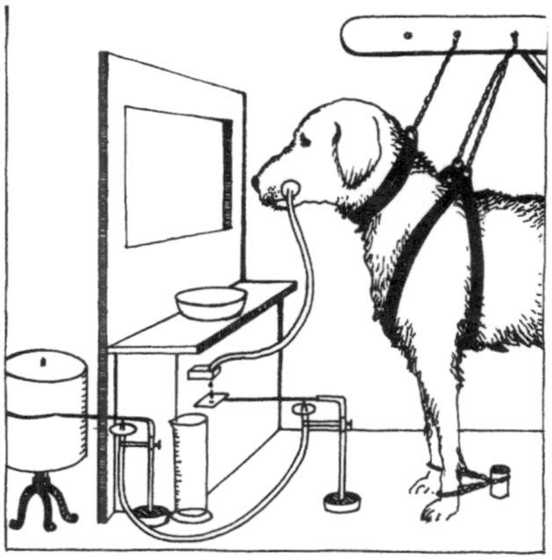

haben. Durch eine für die Hunde unangenehme, aber nicht qualvolle Operation hatte Pawlow den Ausführungsgang der Ohrspeicheldrüse sogar extra an die äußere Haut verlegt, damit dieser Speichel in einem Behälter aufgefangen und anschließend untersucht werden konnte.
Doch was setzte diesen Speichelreflex überhaupt in Gang? Ja, was ließ dem Hund bereits »das Wasser im Maul zusammenlaufen«, wenn er lediglich den Pfleger mit seinem Futternapf kommen sah? Sprach das nicht dafür, daß Tiere nicht nur angeborene Reflexe besitzen – sondern auch neue lernen können?
Fragen über Fragen waren das, die den Mediziner Pawlow schon bald zum Tierforscher werden lassen sollten. Und da das Ganze offensichtlich ein psychologisches Problem war, also eine Sache, bei der die »Seele« des Tieres eine Rolle spielte, wandte sich Pawlow zunächst ratsuchend an einige Psychologen. Die mußten schließlich am besten wissen, wie man die richtigen Antworten erhielt! Doch der Rat, der Pawlow von den Wissenschaftlern der Seelenkunde erteilt wurde, gefiel unserem ernsten Forscher gar nicht: Wenn er herausfinden wolle, warum ein Hund beim Anblick von Fleisch geifere, nun, dann müsse er einfach versuchen, sich in die Lage des Versuchstieres zu versetzen.

So funktionierte der Konditionierungs-Apparat: Der Speichel der operierten Hunde floß in ein Gefäß, wobei die Tropfenzahl in verschiedenen Reizsituationen bestimmt werden konnte.

Also bitte! Als Mensch wie ein Hund denken! Ausgerechnet er, der etwas knöchern wirkende Pawlow, der seinen Mitarbeitern und Schülern bisher all die Jahre immer wieder unnachgiebig eingehämmert hatte: Tatsachen, Tatsachen und nochmals Tatsachen! Er, der gründlichste aller gründlichen Wissenschaftler, der über jede Theorie, die nicht mit zuverlässigen, wiederholbaren Experimenten bewiesen werden konnte, verächtlich die Nase rümpfte!

Rückblickend auf diese Zeit schrieb Pawlow später: »Damals habe ich erstmals beschlossen . . ., diesen psychischen Speichel genauso objektiv zu behandeln, genauso als außenstehender Beobachter, wie auch alles andere, was sonst in der Physiologie studiert wird.«

Stolze Worte. Doch wie in die Tat umsetzen? Pawlow überlegte, daß es wohl am besten sei, an der Stelle seiner früheren Versuche fortzufahren, an der ihm zum ersten Mal die Fragen zu den Speichelreflexen in den Sinn gekommen waren. Nur, daß er diesmal nach den Regeln des Lernens Ausschau halten wollte und nicht mehr nach den Regeln der Verdauung.

Wieder also operierte der Forscher Hunde und leitete den Speichel durch eine Fistel nach außen. Und nachdem die Wunde gut geheilt war, führte er die Tiere für die Versuche jeweils einzeln in ein enges Gestell, das sie daran hinderte, sich zuviel zu bewegen und den Kopf zur Seite zu drehen.

Ein kleiner Auffangbehälter unter dem Maul des eingepferchten Hundes sammelte dann den Speichel und leitete ihn zu einem mit einem Meßinstrument verbundenen Schlauch. Hunderte Male hatte Pawlow so seine Arbeiten zur Verdauung vorbereitet.

Jetzt aber, da es ums Lernen ging, wurde plötzlich noch etwas anderes wichtig: Der Hund im Geschirr durfte für die Dauer des Versuches durch nichts abgelenkt werden! So wies Pawlow seine Mitarbeiter in dem Dorf Koltuschi bei Leningrad an, die ganze Versuchsanordnung zusätzlich in einen »Turm des Schweigens« zu stellen. Wie ein Bunker wirkte dieser schalldichte Raum, der alle unerwünschten Geräusche vom Versuchstier abhalten sollte. Sogar das Futter konnte man mit Hilfe mechanischer Arme in Reichweite des Hundes schieben, ohne den Raum betreten zu müssen. Die Kontrolle erfolgte dabei über ein Guckloch. Und nun endlich konnte es losgehen.

Als erstes ließ Pawlow, von außen gesteuert, in dem stillen Raum eine Glocke ertönen. Der hungrige Hund im Geschirr wurde neugierig, aber speichelte nicht. Warum sollte er auch? Ein Glockenton ist ja nichts zu fressen.

Anschließend jedoch folgte eine Reihe von Versuchsdurchgängen, bei denen jedesmal, kurz bevor dem Tier Fleischpulver ins Maul geblasen wurde, die Glocke erklang. Und siehe da: Nun, nachdem das Geräusch immer wieder zusammen mit dem Futter aufgetreten war, floß dem Hund bereits nach dem Glockenton das Wasser im Maul zusammen – selbst wenn Pawlow überhaupt kein Fleisch mehr in die Nähe brachte!

Denn das Tier hatte gelernt. Durch Erfahrung gelernt, den Glockenton, der zuerst ohne jede Bedeutung gewesen war, als Ankündigung des leckeren Futters zu betrachten. Oder um es einmal in der Fachsprache auszudrücken: Ein früherer unbedeutender »bedingter« Reiz, der Glockenton, wurde mit einem »unbedingten« Reiz, dem Futter, gekoppelt (»unbedingt« heißt, daß der Reiz einen angeborenen Reflex auslöst) und setzte einen »bedingten« Reflex, das Speicheln nach dem Glockenton, frei.

Pawlow gab diesem Lernprozeß den Namen »Konditionierung« (nach dem lateinischen Wort conditio für Bedingung) – und schien nach seinem ersten Erfolg vom neuen Thema immer besessener zu werden. Ganze Jahre brachte der Forscher nun zum Beispiel damit zu, die Zeitabstände zwischen den »bedingten« und »unbedingten« Reizen zu verändern! Das Ergebnis: Erfolgte der Glockenton erst nach dem Füttern, fand überhaupt kein Lernen statt. Dagegen lernten die Hunde am schnellsten, wenn der Glockenton nur eine Viertelsekunde vor dem Verabreichen des Futters erklang. Kein Mensch war vor Pawlow auf den Gedanken gekommen, daß die Reihenfolge der Reize beim Lernen eine Rolle spielen könnte ...

Und als die Mitarbeiter Pawlows den Tieren bei weiteren Versuchen viele Male hintereinander nur den Glockenton anboten, ohne dabei ein einziges Mal Futter zu geben, nahm die Vorfreude der Hunde auf das Fressen offensichtlich von Mal zu Mal ab: Es floß immer weniger Speichel. Pawlow nannte diesen Vorgang »Löschung«. Vergessen aber hatten die Hunde das Gelernte nach so einer Löschung nicht. Ließ man sie ein wenig ausruhen und brachte sie nach einiger Zeit in den »Turm des Schweigens« zurück, so reagierten sie wieder auf den Glockenton – oder lernten, nach sehr langer Pause, viel schneller als zu Anfang, wieder darauf zu reagieren.

Ja, und schließlich entdeckte Pawlow sogar das Fenster zur »Seele« seiner Versuchstiere. Denn er fand die sachliche (objektive) Methode, herauszubekommen, wie ähnlich den Tieren verschiedene Reize persönlich (subjektiv) erschienen! Schon zu Beginn seiner Lernversuche hatte Pawlow nämlich eines festgestellt: Hunde, die gelernt hatten, auf den Glockenton hin zu speicheln, taten dies auch, sobald ein Summer ertönte oder das Klacken eines Metronoms. Allerdings floß der Speichel dann nicht so stark. Das war ja auch klar – immerhin klingt ein Summer nicht ganz so wie eine Glocke, oder? So denken zumindest wir Menschen.

Und daß die Versuchshunde tatsächlich genauso dachten, das bewies Pawlow nun mit einem zuverlässigen Versuch, bei dem er die Tiere nacheinander verschiedenen Reizen aussetzte und sorgfältig notierte, wieviel Speichel jeweils tropfte: Floß nach dem einen Reiz viel Speichel, nach einem anderen aber nur wenig – dann waren die Geräusche dem Hund sehr verschieden vorgekommen. Ergaben dagegen zwei verschiedene Reize die gleiche Speichelmenge – dann waren sie für das Tier nicht zu unterscheiden gewesen.

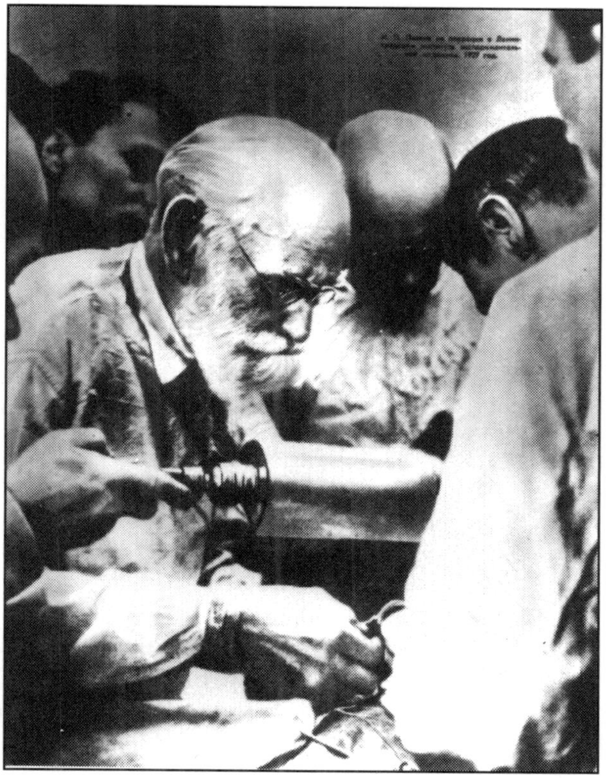

Iwan Pawlow bei einer Operation im Institut für Experimentalmedizin in Leningrad.

Mal höher, mal tiefer ließ Pawlow das Glöckchen bimmeln, mal lauter, mal leiser den Summer summen, mal länger, mal kürzer das Metronom ticken. Bis die Unterscheidung für die Hunde so schwierig wurde, daß sie nicht mehr weiter in der Lage waren, zwei Reize auseinanderzuhalten. Und nun stellte Pawlow noch etwas fest: Er konnte Hunde auf diese Weise verrückt machen. Denn je komplizierter die Experimente wurden, desto eher neigten die Tiere dazu, mit seltsamen Verhaltensweisen zu reagieren. »Neurosen« nennt man das. Neurosen, aus deren näherer Untersuchung der Forscher Pawlow gleich auch ein paar Theorien für die Heilung geisteskranker Menschen entwickelte . . .

Noch viele andere, kleinere und größere Erkenntnisse hielten die Versuche für Pawlow und seine Mitarbeiter über die Jahrzehnte hinweg bereit. Unzählige Hunde waren dafür operiert worden. Und wenn diese Eingriffe – und sogar die meisten Experimente – für das einzelne Tier nicht einmal allzu unangenehm gewesen sein sollen, so fragen sich zahlreiche Tierfreunde heute doch zu Recht: Waren so viele Versuchshunde und so viele verschiedene Experimente notwendig? Ja, war dem alten Pawlow, der im Laufe der Jahre von seiner Suche nach der »Wahrheit« regelrecht besessen geworden zu sein schien, noch zu glauben, was er als junger Mann verkündet hatte: Daß jedes Lebewesen für ihn ein »unaussprechlich kunstvoller Mechanismus« sei, dessen Leiden er nur im »Interesse der Wahrheit« ertrug? Sicherlich nicht. Denn dafür war der Forscherdrang des Russen mit der Zeit einfach zu ungezügelt über das Ziel hinausgeschossen. (Es gab noch keine Tierschutzgesetze!) Und nicht nur die Hunde hatten sich Pawlows fanatischem Willen ungefragt zu beugen gehabt. Selbst für seine Mitarbeiter war die Arbeit zuweilen problematisch gewesen.

Was hatten auch sie nicht alles im Labor ertragen müssen! Die Wirren des ersten Weltkrieges und der russischen Revolution von 1917 zum Beispiel, als es kein Gas für die Lampen gegeben hatte und Pawlow sich mit dem Licht hölzener Fackeln begnügte.

Oder die Zeit, als das Labor nicht einmal zu heizen gewesen war. In Mantel, Mütze und Stiefeln waren die Versuche weitergeführt worden – bis es so kalt wurde, daß die Versuchstiere erfroren.

Und schließlich noch die große Überschwemmung Leningrads im Jahre 1924, als die »Pawlowschen Hunde« nur mit Mühe vor dem Ertrinken gerettet werden konnten! Wobei Pawlow diesem Ereignis allerdings schon wieder eine positive Seite abgewinnen konnte. Denn als die überlebenden Tiere viele Monate später Wasser aus einem Hahn plätschern hörten, drehten einige von ihnen vor Angst fast durch – und Pawlow war um ein neues Konditionierungsbeispiel reicher geworden.

Erst als Iwan Pawlow beinahe achtzig Jahre alt war, hatte er die Forschungen im Labor ein wenig ruhiger weiterlaufen lassen. Vielleicht, weil zu diesem Zeitpunkt ohnehin so ziemlich alle erdenklichen bedingten Reize an den Hunden durchgetestet worden waren: Berührungsreize, Temperaturreize, Lichtreize, chemische Reize – und elektrische Reize, die die Tierversuchsgegner bereits damals am meisten kritisierten.
Sicherlich aber, weil Pawlow den Psychologen endlich bewiesen hatte, daß es möglich ist zu erkennen, wie ein Tier lernt und denkt – ohne selbst zu versuchen, wie ein Hund zu denken. Sondern durch das reine wissenschaftliche Experiment.
Und es waren die vielen Bausteine dieser Versuche, die es Pawlow schließlich sogar ermöglichten, eine ganze Reihe von richtigen Lerngesetzen aufzustellen: die Reflexlehre. Sie galt natürlich ebenso für den Menschen, das war den Psychologen bald klar, auch wenn sie es anfangs nicht wahrhaben wollten. Dafür war der Schock einfach zu groß, daß da einer mit streng wissenschaftlichen Methoden an das Gehirn herangetreten war. An dieses edle Teil, das als Sitz der »Seele« des Menschen bisher als unantastbar gegolten hatte!
Ja, jeder versuchte, die Sache herunterzuspielen. Witze wurden über Pawlow gerissen. Aber der Nobelpreisträger gab nicht auf, erklärte, überredete, kämpfte.
Und siegte. Wobei sich in der ersten Zeit besonders der Blinzelreflex großer Beliebtheit erfreute: Denn überall in den Labors der Psychologen auf der ganzen Welt wurde nun plötzlich Versuchspersonen ein schwacher Luftstrahl gegen die Augen geblasen, um diesen unbedingten Reflex auszulösen. Die Lider schließen sich ja ganz ohne den Willen des betroffenen Menschen. Und wenn man nun einen Pfeifton erklingen ließ, kurz bevor die Augen der Versuchsperson dem Luftstrahl ausgesetzt wurden, dann löste

nach etwa vierzig bis sechzig Versuchen der Ton alleine den Lidschlagreflex aus.

Doch selbst im ganz normalen Alltag ließen sich rasch Beispiele finden: Wird den meisten Menschen nicht bereits ganz elend, wenn sie im Wartezimmer des Zahnarztes nur das Bohrgeräusch (den bedingten Reiz) hören? Richtig, auch diese Angst ist »konditioniert«. Sogar wenn der Patient weiß, daß diesmal ganz bestimmt nicht gebohrt wird – der bedingte Reflex tritt trotzdem ein.

Ja, als die Bedeutung der Versuche Pawlows für das Verständnis der Lernvorgänge endlich anerkannt worden war, setzten sich tatsächlich zahlreiche Psychologen für den reinen wissenschaftlichen Weg ein. In den Augen des unerbittlichen Pawlow allerdings versuchten es auch jetzt noch viel zu wenige. So schrieb er in der »Antwort eines Physiologen an die Psychologen« im Jahre 1932: »Ich bin fest davon überzeugt, daß jetzt das rein physiologische Verständnis für vieles, was früher als psychische Tätigkeit bezeichnet wurde, festen Boden bekommen hat . . . Aber es ist mir klar, daß viele Psychologen solche rein physiologischen Erklärungen des tierischen . . . Verhaltens . . . eifersüchtig verhüten, indem sie sie ständig ignorieren und nicht versuchen, sie irgendwie objektiv anzuwenden.«

Eifersucht, Ignoranz, mangelnde Objektivität – das waren also die Dinge, die Pawlow so manchem Psychologen noch immer vorwarf. Und vor allem die mangelnde Objektivität war sicherlich der Grund dafür, warum der Forscher immer größten Wert darauf legte, als Physiologe angesehen zu werden, obwohl er sich mit Psychologie beschäftigte. Wer wollte schließlich als korrekter Mensch mit Wissenschaftlern in einen Topf geworfen werden, von denen einer in einem Buch über das Gehirn noch 1935 geradezu märchenhafte Vorstellungen zum besten gab!

Über so viel »Dummheit« und »Geistesverwirrung« des Autors konnte Pawlow richtig wütend werden: »Ich nehme

Iwan Petrowitsch Pawlow nach einem Gemälde von Michail Wassiljewitsch Nesterow, 1934.

einfach an . . . , obgleich er erst siebzig Jahre alt ist, daß es sich um klare Anzeichen von Altersschwäche und Hinfälligkeit handelt.«
Ja, so hart konnte Pawlow urteilen, wenn es um seine geliebte Wahrheit ging. Dabei war er inzwischen selbst fünfundachtzig Jahre alt. Doch mit welcher Tatkraft und Frische stand der alte Herr noch immer am Pult und hielt seine berühmten Vorträge! Er, der schon mit fünfundfünfzig Jahren vor der Verleihung des Nobelpreises bekannt hatte: »Abschließend muß ich mein Leben als glücklich und gelungen ansehen . . . Ich träumte davon, die Freude am Leben in der geistigen Arbeit zu finden, in der Wissenschaft; und ich habe sie dort gefunden und finde sie dort.«
Und so, wie die Worte noch immer galten, so trudelten auch jetzt im hohen Alter weiterhin die Würdigungen ein. Wert allerdings legte Pawlow kaum auf sie. Denn nicht ihm

gebührte in seinen Augen die Ehre, sondern – man lese und staune – den Hunden! Ein von Pawlow gestiftetes bronzenes Hundedenkmal erinnert in Koltuschi noch heute an sie. Nicht weit entfernt davon, in Leningrad, starb Iwan Pawlow am 27. Feburar 1936 im Alter von sechsundachtzig Jahren. Was den zähen Kämpfer sicherlich sehr gewurmt haben dürfte, weil er sich einmal fest vorgenommen hatte, hundert Jahre alt zu werden. Doch manche Sachen gelangen eben nicht einmal einem der zweifellos ehrgeizigsten Wissenschaftler unseres Jahrhunderts.

Natürlich waren die »Pawlowschen Hunde« nicht die einzigen Tiere, die gegen Ende des 19. Jahrhunderts zu Versuchszwecken gehalten wurden. Katzen, Affen, Schlangen, Mäuse, Hühner, Krebse, Fische: Eigentlich alle kleineren Tierarten hielten nun – trotz der Proteste der Tierversuchsgegner – ihren Einzug in die Labors der Welt, wo man durch unzählige Experimente herauszufinden versuchte, in welcher Weise sie auf Reize wie Licht, Geräusche oder Geschmack reagierten. Und über lange Zeit hinweg konnten sich viele Menschen unter Tierforschung gar nichts anderes vorstellen als die Beobachtung einer Ratte, die sich ihren Weg durch ein Labyrinth sucht.

Wobei es, wie bei Pawlow, immer galt, die einzelnen »Elemente« des Verhaltens zu bestimmen. Die kleinsten Einheiten, aus denen sich alle Verhaltensweisen zusammensetzen.

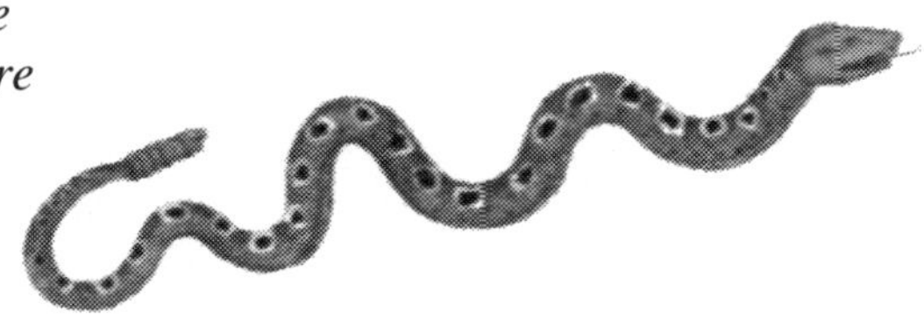

Nur – so wie die reine Beobachtung der Tiere in der Natur ganz schön irreführend sein konnte, so hatte auch diese neue Art der Verhaltensforschung einen gewaltigen Nachteil: Sie vernachlässigte vor lauter Verliebtheit in ihre Apparate oftmals vollkommen, wie sich ein Tier in seiner natürlichen Umgebung wirklich verhält. Die Laborphysiologen nahmen einfach an, die Verhaltensweisen in ihren Tests entsprächen denen in der Natur.

Und so gelangte auch der angesehene Direktor einer Münchner Augenklinik nach seinen Laborversuchen über den Farbensinn verschiedener Tierarten zu der scheinbar wohlbegründeten Überzeugung, Bienen seien farbenblind. Doch einer wollte das einfach nicht glauben. Ein junger Mann, der sich fragte, wozu denn sonst die Blumen so bunt sind, wenn nicht zum Anlocken der Bienen. Er sollte zum wohl bedeutendsten Sinnesphysiologen unter freiem Himmel werden: der Zoologe Karl von Frisch.

»... UND DANN GEHT SIE IN DEN STOCK UND TANZT«

Früh übt sich, wer ein Meister werden will: das »Karlinchen« um 1889.

Karl von Frisch (1886–1982)
Die Sprache der Bienen

Eigentlich hätte er ein Mädchen werden sollen. Doch die Eltern freuten sich natürlich trotzdem, als am 20. November 1886 nach drei älteren Söhnen auch der kleine Karl unleugbar als Junge das Licht der österreichischen Hauptstadt Wien erblickte. Und da Vater Anton Ritter von Frisch als Universitätsprofessor und Arzt sehr angesehen war, verbrachten die Knaben eine ausgesprochen sorglose Jugend. Am liebsten hielten sie sich auf dem großen, aus mehreren Häusern bestehenden Sommersitz der Familie auf, einem idyllischen Fleckchen Erde am Wolfgangsee: dem Brunnwinkl. Hier konnten sie nach Herzenslust Schwimmen, Bergsteigen – oder einfach die Natur beobachten, was vor allem Karl bald stundenlang von den anderen fernhielt.

Ja, manches, was da hüpfte, flog oder kroch, wurde sogar eingefangen und reiste mit nach Wien, wo Karls Zimmer rasch einem kleinen Zoo glich. Neun verschiedene Arten Säugetiere, 16 Vogelarten, 26 verschiedene Kriechtiere und Lurche, 27 Fischarten und 45 Arten an wirbellosen Tieren hatte der Junge schon im Laufe seiner Schulzeit in Pflege gehabt.

»Meiner Mutter werde ich ihre Duldsamkeit gegenüber diesen nicht immer angenehmen Hausgenossen nicht vergessen.« Denn wenn »Ignaz«, der Buntspecht, mittags gleichzeitig mit der Suppe auf dem Tisch erschien, war tatsächlich Nachsicht gefragt. Und noch anhänglicher verhielt sich Sittich »Tschocki«. Kaum war Karl zu Hause, flatterte der Vogel auch schon auf seine Schulter, schlief auf seinen Knien oder zernagte hingebungsvoll Schulhefte. Was den Jungen nicht sonderlich störte: »Ich war ein schlechter Schüler, ausgesprochen unbegabt für Sprachen und Mathematik.« Nun, es war ja auch viel interessanter zu erforschen, warum die Seerosen im Aquarium immer mit den »Armen zu wackeln begannen«, wenn Karl abends das Licht anzündete. Immerhin hatten sie keine Augen! War es etwa die Wärme, auf die sie reagierten? Kleine Versuche wurden unternommen. Und schließlich sandte der Junge erste kurze Artikel über Tierbeobachtungen an Naturzeitschriften, »die sie auch druckten«.Viel später als andere Knaben verfiel Karl dagegen der Leidenschaft, Schmetterlinge oder Käfer zu sammeln. Dies aber betrieb der Siebzehnjährige dann in den Ferien, unter der regen Mithilfe der gesamten Verwandtschaft, dafür um so gründlicher.

»Karl, ein Viech!« erscholl es bald aus allen Ecken des Brunnwinkls, wodurch Karls »Museum« schnell zu einer vollständigen Sammlung aller Tiere der Umgebung heranwuchs – bis hin zu den Fischen im See.

Aber Zoologie studieren? Da riet der Vater doch ab, denn das Fach hatte »keinen goldenen Boden«. Und so begann Karl von Frisch mit dem Studium der Medizin, lernte bei seinem Onkel, dem Physiologen Sigmund Exner, sauber zu experimentieren, und erfuhr hierbei auch zum ersten Mal die Schattenseite von Tierversuchen: »Ich mußte die Augen der lebenden Krebse mit elektrischen Strömen reizen, was ihnen sichtlich unangenehm war. Jeder Versuch kostete mich eine Überwindung. Doch blieb der Forschertrieb stärker als das Mitleid.«

Und stärker als der Wille, Arzt zu werden, blieb für Karl von Frisch auch der Wunsch, Zoologie zu studieren. Am liebsten in München, das für seine gute Universität berühmt war. Doch da die Eltern ihr zweiundzwanzig Jahre altes »Karlinchen« immerzu in der Nähe haben wollten, blieb es zunächst nur bei einem kurzen Ausflug in diese »Hochburg« der Zoologie, und der junge Mann verfaßte die abschließende Doktorarbeit zu Hause in Wien – über ein Thema, das ihm eigentlich gar nicht zugeteilt worden war. Denn statt geduldig auf das Schlüpfen der ihm anvertrauten Gottesanbeterinnen zu warten, sah von Frisch lieber einem Kameraden über die Schulter, der sich gerade mit Elritzen beschäftigte, kleinen Fischen, die man an allen Fluß- und Seeufern findet und die ihre Farbe blitzschnell an hellen oder dunklen Untergrund anpassen können.

Eine Gottesanbeterin.

Das war natürlich unterhaltsamer als die leblosen Fangschreckeneier! Wahrhaft im Eiltempo wechselte Karl von Frisch daher das Thema und erforschte die »Nervenbahnen des Farbwechsels« bei Elritzen. Und mit demselben Schwung wechselte der frischgebackene Herr Doktor auch wieder nach München – wo ihm zum ersten Mal die Behauptung des Direktors der Münchner Augenklinik, Carl von Hess, zu Ohren kam, daß »Fische und alle wirbellosen Tiere total farbenblind seien«!

Da staunte der junge Assistent nicht schlecht: Wie sollten die Wiener Elritzen denn ihre Farbe der Umwelt angepaßt haben, wenn sie farbenblind gewesen wären? Und wozu vor allem waren die prächtigen Hochzeitskleider und Warntrachten der Fische da, wenn nicht zur Anlockung der Weibchen und zur Abschreckung der Gegner? Klar konnten Fische Farben sehen! Was Karl von Frisch auch rasch bewies, mit eindeutigen Versuchen und ohne Ehrfurcht vor dem »weltbekannten Geheimrat« von Hess, dem die Ergebnisse des zoologischen Grünschnabels verständlicherweise ein kräftiger Dorn im Auge waren.

Für von Frisch aber bedeuteten sie den Beginn einer großartigen Karriere. Zum einen, weil er im März 1912 mit seiner Arbeit über den Farbsinn der Fische schon mit fünf-

undzwanzig Jahren das Recht erwarb, an der Universität München Zoologie und vergleichende Anatomie unterrichten zu dürfen.
Zum anderen aber, weil in Brunnwinkl ein kleiner Bienenkorb stand. Wie deutlich klang dem Forscher in den Sommerferien 1912 noch im Ohr, daß von Hess auch von den wirbellosen Insekten behauptet hatte, sie seien farbenblind! Aber sah es hier auf den Wiesen nun nicht ganz so aus, als würden die emsigen Bienen von der bunten Blütenpracht wie von farbigen »Wirtshausschildern« angelockt werden? Nur ein Versuch konnte das beweisen. Ein physiologischer Versuch, dessen Fragen von den Tierchen mit einem eindeutigen »Ja« oder »Nein« beantwortet werden sollten: die Futterdressur.

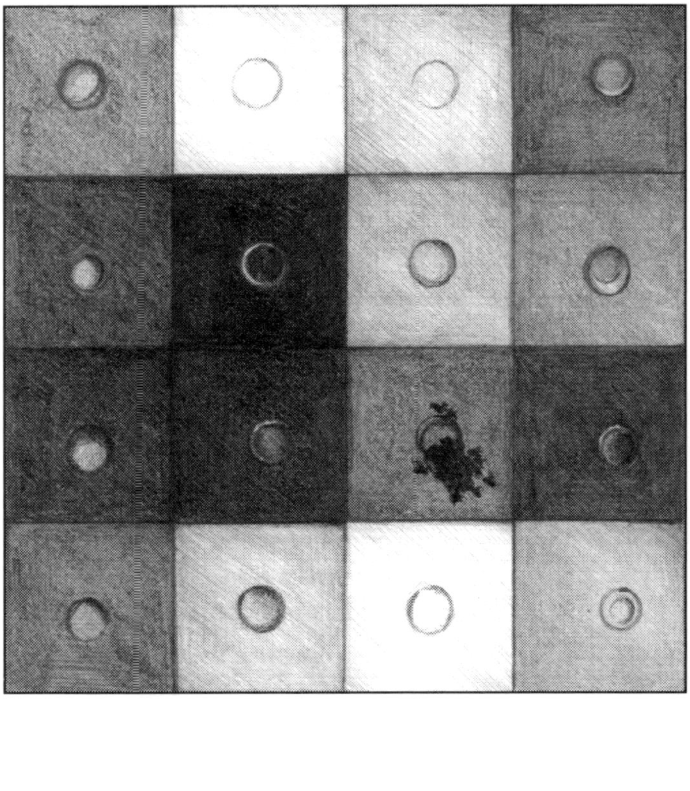

Der »Farbversuch«: Zwischen Graupapieren verschiedener Helligkeiten befindet sich Blaupapier. Die auf Blau dressierten Bienen fliegen das Glasschälchen auf dem Blaupapier an, obwohl es wie alle anderen Schälchen leer ist. Sie können also Blau erkennen!

Und so kam es, daß die Brunnwinkler Bienen in jenem Jahr zum ersten Mal zeigen durften, wie gelehrig sie waren. Fütterte von Frisch sie zum Beispiel an einem kleinen Tischchen nahe beim Stock einige Zeit auf blauem Papier mit Zuckerwasser, so merkten sie sich bald die blaue Farbe als Kennzeichen der Futterstelle. Denn legte der Wissenschaftler den Bienen anschließend »ein blaues Papier ohne Futter zwischen vielen grauen Papieren vor, die in allen Helligkeitsstufen von Weiß bis zum Schwarz« führten, so flogen sie nur auf das Futter versprechende Blau und gaben dadurch »eine klare Antwort auf die Frage, ob das Blau für sie eine Farbe ist«. Ein farbenblindes Auge sieht Blau ja als ein Grau von bestimmter Helligkeit. Wären die Bienen also farbenblind gewesen, so hätten sie die Dressurfarbe mit einer der Graustufen verwechseln müssen.

Von Frisch war begeistert. Und wie das meistens so ist, wenn eine Arbeit gut anläuft, so hatte der Zoologe bald neue Fragen an die Bienen, deren Beantwortung er nach der natürlichen Winterruhe im nächsten Sommer voller Wißbegier zu Leibe rückte.

An bis zu vier Stellen waren in Brunnwinkl »gleichzeitig Dressuren im Gang, wobei ich von früh bis abends in der Runde herumsauste . . .« Und einmal mehr mußte die Verwandtschaft »daran glauben und Bereitschaftsdienst machen, statt spazierenzugehen.« Ständig war die Lage des blauen Kartons im Feld der Grautöne zu verändern, um eine Ortsdressur auszuschalten, peinlich genau war darauf zu achten, daß nicht Duftspuren, die am Blaukarton zurückblieben, die Bienen anlockten; immer neue, saubere Kartons waren zu verwenden.

Spannende Versuche waren es. Vor allem, weil jedes Ergebnis erneut die Behauptung des Geheimrates von Hess widerlegte, der dennoch an seiner Meinung festhielt!

Angriffslustig kündigte der achtundzwanzigjährige von Frisch daher für eine Tagung der Deutschen Zoologischen Gesellschaft in Freiburg zu Pfingsten 1914 an, mit einigen Schauversuchen den Farbsinn »bei angeblich total farbenblinden Tieren« zu beweisen. Und es gelang: Denn wenn auch die aus München mitgebrachten farbdressierten Fische durch das Freiburger Wasser krank wurden, so taten bei der Vorführung immerhin die Bienen »genau das, was sie als farbenblinde Wesen nicht hätten tun dürfen«. Ja, eine Biene erntete sogar Sonderapplaus, als sie futtersuchend auf der blauen Krawatte eines Zuschauers landete! Karl von Frisch genoß diesen Erfolg. Doch an weitere Versuche war in den folgenden vier Jahren kaum zu denken, nachdem in den Brunnwinkler Sommer des Jahres 1914 die Nachricht vom Ausbruch des ersten Weltkrieges hineingestürzt war.

Pflichtbewußt eilte Karl von Frisch seinem Bruder Otto zu Hilfe, der als Arzt in einem Wiener Krankenhaus jede Hand gebrauchen konnte, um die Not der vielen Schwerverletzten zu lindern. So lernte der Zoologe Narkosen zu geben und Oberschenkel zu amputieren. – Und er lernte »Schwester Dorothee« kennen, die er 1917 heiratete. Noch kurz vor Kriegsende im Jahr 1918 wurde in Wien das erste Töchterchen geboren.

Und schließlich konnte der stolze Papa mit seiner kleinen Familie auch nach München zurückkehren, um die Arbeit an der Uni wiederaufzunehmen: Jetzt sollten die Bienen des kleinen Institutsgartens zeigen, was in ihnen steckt.

Als Ausgangspunkt diente von Frisch dabei eine frühere Beobachtung bei den Farbdressuren. Denn seltsam – immer wenn das Futterschälchen leer gewesen war, dann waren auch die Bienen bald daheim geblieben, und nur ab und an war eine vorbeigeflogen, »um Nachschau zu halten«. War aber das Schälchen wieder voll, dann war »nach wenigen Minuten die ganze Sammelgruppe wieder da. Of-

fenbar gab es im Bienenvolk einen gut funktionierenden Nachrichtendienst.«
Da Dienste dieser Art im allgemeinen jedoch recht versteckt arbeiten, sollte es noch bis zum Frühjahr 1919 dauern, ehe es Karl von Frisch gelang, die wohl »folgenreichste Beobachtung« seines Lebens zu machen – mit Hilfe eines geliehenen Königinnenzuchtkästchens, dessen einzige Wabe von beiden Seiten wunderbar durch ein Glasfenster zu überblicken war.

Links: Rundtanz der Biene.

»Ich lockte einige Bienen an ein Zuckerwasserschälchen, betupfte sie mit roter Ölfarbe und schaltete eine Futterpause ein. Als es am Schälchen still geworden war, füllte ich es wieder auf und beobachtete eine Kundschafterin, die angeflogen war und getrunken hatte, bei ihrer Heimkehr in den Stock. Ich traute meinen Augen nicht! Sie machte auf der Wabe einen Rundtanz, der die umsitzenden rotbetupften Sammlerinnen in helle Aufregung versetzte und sie veranlaßte, wieder an den Futterplatz zu fliegen.« So packend waren die nun folgenden Versuche, daß von Frisch, zum Leidwesen seiner Familie, von nun an selbst sonntags ins Institut eilte. Und immer neue Fragen tauchten auf: In welchem Umkreis des Stockes suchten die durch den Rundtanz informierten Bienen zum Beispiel nach dem Futter?

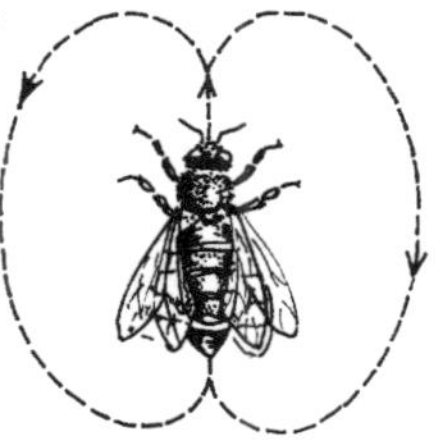

Schwänzeltanz.

Für die Lösung dieses Rätsels war der Innenhof des Institutes bald viel zu eng. Also ging es wieder nach Brunnwinkl – wo sich mancher Versuch allerdings zur wahren Geduldsprobe entwickelte.
»Nun aber saß ich bei einem letzten Versuch dieser Reihe an einem Honigschälchen, das einen Kilometer vom Beobachtungsstock entfernt inmitten ausgedehnter Wiesenflächen unscheinbar im Grase stand. Hügel und Wälder

lagen dazwischen ... Als fast vier Stunden verstrichen waren und mein Schälchen immer noch verlassen dastand, war ich nahe daran aufzugeben.
Da schwärmte wirklich, bedachtsam suchend, eine Biene heran, ließ sich nieder und tat sich am Honig gütlich. Sie wurde gezeichnet und flog ab. Nie wieder habe ich mit solcher Inbrunst das Kuhhorn geblasen.«
Es war das Zeichen für den auf der Strecke postierten Bruder Hans, mit einer Kuhglocke einen weiteren wartenden Helfer zu verständigen, der wiederum durch ein Trompetensignal die Beobachter in Brunnwinkl alarmierte ...
Drei Jahre dauerte es auf diese Weise, bis von Frisch glaubte, alles über die Bienensprache entdeckt zu haben. Und was er veröffentlichte, überzeugte alle: Wenn eine Biene vom Blütenbesuch heimkehrt und im dunklen Stock tanzt, so werden die den Tanzbewegungen aufgeregt folgenden Kameraden aufgefordert, bei der Ausbeute der entdeckten Trachtquelle zu helfen.
Überdies erfahren die Neulinge durch den der Tänzerin anhaftenden Blütenduft, nach was sie suchen sollen. Dabei fliegen die Neulinge erst in der Nähe des Stockes umher und ziehen allmählich immer weitere Kreise, bis sie zufällig die Futterstelle entdecken.
Glaubte von Frisch. Zwanzig Jahre lang.
Zwanzig Jahre, die den inzwischen in Fachkreisen hochgeschätzten Zoologen mit seiner Familie zuerst nach Rostock, dann nach Breslau und schließlich wieder nach München führten, wo er voller Stolz die Stelle des Lehrers einnahm, zu dem er einst gepilgert war, um Zoologie zu studieren. Und zwanzig Jahre, in denen die emsigen Bienen Brunnwinkls oft nur eine Nebenrolle spielen durften. Denn in der physiologischen Fachwelt tobte ein neuer Streit: Können Fische hören?
Mit dem komplizierten Ohr der Säugetiere hat das Fischohr auf alle Fälle recht wenig gemeinsam, und so

Fetzenfisch. Wo der wohl seine Ohren hat?

waren die meisten Wissenschaftler überzeugt, Fische seien taub. Zum Beweis setzte ein besonders eifriger Verfechter dieser Lehre eigens Zwergwelse in sein Aquarium, pfiff ihnen vor, mal hoch, mal tief, und ließ zuletzt sogar eine Sängerin kommen, deren wundervolle Tonleitern die Fische aber genausowenig beeindruckten wie die schlichten Pfiffe des Professors. Also waren Fische taub.

Oder? Nun, von Frisch geriet zumindest arg ins Grübeln, als er die Geschichte hörte. »Wenn ich ein Zwergwels wäre, würde ich mich für Regenwürmer . . . interessieren, aber schwerlich für die Triller einer gefeierten Sängerin.« Der Gesang bedeutete den Fischen ja nichts.

Aber – vielleicht ließen sich Welse mit Futter auf Töne dressieren! Und schon entfernte der Forscher dem Zwergwels »Xaverl« durch eine kleine Operation die Augen, damit er wirklich nur noch hören konnte, wie ihm in den nächsten Tagen jedesmal mit dem Futter ein Ton serviert wurde. Bis es soweit war: Der blinde Xaverl kam, wenn von Frisch pfiff.

Derart von einem Fisch verwöhnt, bekam der Physiologe auch wieder Lust auf seine braven Elritzen.
Ob sie zum Beispiel bestimmte Töne unterscheiden können, »das ließ sich mit der Methode der Differenzdressur nachweisen. Ein Fisch wird daran gewöhnt, daß er bei einem Pfeifenton von bestimmter Höhe Futter bekommt. Sobald er das begriffen hat . . ., wird ein anderer . . . Ton angeblasen, woraufhin er begreiflicherweise zunächst auch nach Futter sucht. Aber nun bekommt er statt der schmackhaften Belohnung einen leichten Schlag mit einem Glasstäbchen. Wenn er oft genug die Erfahrung gemacht hat, daß er beim »Futterton« belohnt, beim »Warnton« aber bestraft wird, dann beantwortet er den ersten mit unzweideutiger Futtersuche, bei letzterem verhält er sich still oder ergreift die Flucht.« Doch streng bewiesen, daß Fische wirklich hören, war es mit diesem Versuch noch lange nicht. Denn es hätte ja sein können, daß die Fische die Bewegungen des Mannes mit der Pfeife sahen und darauf reagierten. Oder daß die Tiere die Schallwellen als Erschütterungen des Wassers mit irgendeinem hochempfindlichen Hauttastsinn wahrnahmen. Was aber nicht der Fall war, wie weitere Experimente zeigten.
Oft monatelange Versuchsreihen, die von Frisch zusammen mit etlichen seiner Mitarbeiter durchführte, steckten hinter diesen Erfolgen. Und natürlich durfte keine Elritze dabei hören, was der nächsten vorgepfiffen wurde, um sie nicht zu verwirren. Wie gut, daß das Münchner Institut dicke Mauern hatte! Nur in den Fluren mußten die Mitarbeiter höllisch aufpassen, daß sie nicht gut gelaunt ein Liedchen vor sich hin pfiffen. »Was hätten die Fische dabei denken sollen, für die ein Pfiff das Signal der Fütterung war!« Und so kam es, daß selbst auf der Toilette ein großes Plakat warnte: »Bitte nicht pfeifen!«
Elritzen für den Winter, Bienen für die Sommerferien – Karl von Frisch ging der Stoff nicht aus. Vergeblich

bemühte er sich zum Beispiel darum, auch bei den Brunnwinkler Bienen ein Hörvermögen festzustellen. Und nachdem von Frisch nun schon so viele Sinnesorgane bei der Biene getestet hatte, wollte er den Geschmackssinn nicht auslassen. Womit für den Forscher allerdings die »langweiligste Arbeit« seines Lebens begann. »Zehn Sommer lang war meine Hauptbeschäftigung, zuzusehen, ob die Bienen zu den verschiedenen, ihnen angebotenen Gerichten ‚ja' oder ‚nein' sagten.« Ein wenig Abwechslung bot da nur das Mienenspiel des mittlerweile auf drei kleine Töchter angewachsenen Nachwuchses des Forschers (Sohn Otto hatte das Glück, noch nicht geboren zu sein), »wenn sie Zuckerlösung mit Chininzusatz und ähnliche grausliche Dinge kosten mußten«. Na, wenigstens gab es gelegentlich auch reine Zuckerlösung zu testen. Und heraus kam, daß unsere Honiglieferanten schlauerweise ausgerechnet Zucker besonders schwach schmecken können. »Denn würden sich die Nektarsammlerinnen auch mit dünnen Zuckerlösungen zufriedengeben, so wäre der daraus bereitete Honig nicht haltbar . . .«

Karl von Frisch (um 1932) mit seinem Söhnchen Otto »bei der Zoologie«. Und es half: Auch Otto von Frisch wurde später Zoologe.

Die vielen Vorlesungen während der Semester, Vorträge in Europa und in Amerika (bei denen Karl von Frisch als einer der ersten sogar Filme zeigte) und allerlei Verwaltungskram im Institut – das alles führte dazu, daß der Forscher zu Beginn der dreißiger Jahre schließlich auch die Sommerferien in Brunnwinkl nutzte, um mit Elritzen zu experimentieren. Ganz zahm war ein Fischschwarm im Wolfgangsee dabei geworden. Er erschien täglich im selben Uferbereich so zuverlässig, daß von Frisch gerne gewußt hätte, ob es immer diesselben Tiere waren.

»Um eines zu kennzeichnen« fing er also ein Fischlein heraus, »durchtrennte durch einen Nadelstich einen bestimmten Nerv, was eine tagelang anhaltende Dunkelfärbung des Schwanzes bewirkt, und ließ es wieder frei. Es schien nicht aufgeregt und gesellte sich zu seinen Kameraden. Aber dann geschah etwas ganz Merkwürdiges. Mit dem munteren Herumschwimmen der Fische war es vorbei, sie drückten sich zu Boden, steckten die Köpfe zusammen, als wollten sie sich etwas zuraunen, und plötzlich entfloh der ganze Schwarm in die Tiefe . . . Es war eine Geduldsprobe von mehreren Tagen, ihn wieder zutraulich zu machen. Was war da passiert?«

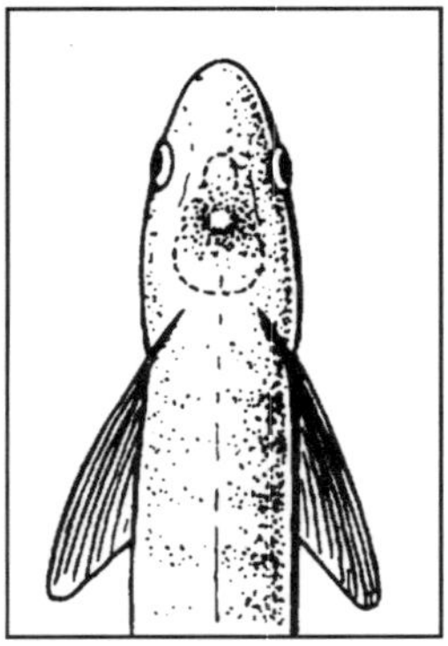

Kopf einer Elritze mit dem »Stirnauge«.

Hatte die verletzte Elritze die anderen gewarnt? Von Frisch »zähmte einen neuen Schwarm, machte einem der Fischchen den Garaus durch Enthauptung und legte es in der Nähe der anderen auf den Seegrund. Es konnte bestimmt nichts mehr erzählen.« Aber erneut verschwand der Schwarm in Windeseile.
Immer neue Versuchsanordnungen kamen dem Forscher nun in den Sinn, bis er mit dem Ruderboot stundenlang das Seeufer abfahren mußte, um noch einem nicht verschreckten Elritzenschwarm zu begegnen.
Da erwies sich das Aquarium in München schon als bequemer: War hier ein Schwarm verschreckt, wurde er einfach gegen einen neuen ausgetauscht.
Schließlich erkannte von Frisch, daß die verletzte Haut der Elritzen einen »Schreckstoff« ins Wasser abgibt, der die anderen Fische alarmiert. So sind die Schwarmkollegen eines vom Hecht erwischten Fischchens vor der Gefahr gewarnt, einer nach dem anderen geruhsam aufgefressen zu werden. Womit für den Zoologen sofort wieder zwei neue Fragen im Raum standen: Denn interessant war es, herauszufinden, ob alle Fische, die in Schwärmen leben, über dieses Alarmsystem verfügen. (Nur einige haben es, wie man heute weiß.) Und – wie gut können Elritzen eigentlich rie-

chen? (Viel besser als wir, erkannten später die Schüler von Frischs. Wer von uns kann schon verschiedene Flußgewässer unterscheiden!)
Aber zunächst einmal hatte von Frisch im Sommer 1933 ganz andere Sorgen. Zum ersten Mal in seinem Leben durfte der neunundvierzigjährige Österreicher nämlich nicht nach Brunnwinkl reisen. Die Nationalsozialisten hatten es verboten. Und so, wie diese politische Macht die Freiheiten des privaten Lebens beschnitt, so mischte sie sich rasch auch in den Alltag des Münchner Institutes ein.
Kein Gedanke war mehr daran zu verschwenden, Mitarbeiter frei zu wählen. Überall machten sich Spitzel breit, die nach »politischen Gesichtspunkten« ins Haus gesetzt wurden. Und natürlich war auch der für die Forschung so wichtige Erfahrungsaustausch mit Kollegen im Ausland nicht mehr gerne gesehen.
Ja, Ärger gab es wegen jeder Kleinigkeit. So wurde von Frisch »eines Tages auf das Ministerium zitiert und sollte Rede und Antwort stehen wegen ‚Tierquälereien'... Es war ja einer der merkwürdigen Widersprüche jener Zeit, daß der Nationalsozialismus, der den Menschen Qualen brachte wie kaum je eine andere Diktatur, den Tierschutzgedanken auf sein Banner schrieb.
Was war in unserem Institut geschehen? Studenten hatten Anzeige erstattet, weil es beim Präparierkurs an Regenwürmern vorgekommen war, daß sich beim Aufschneiden der eine oder andere der mit Alkohol betäubten Würmer noch ein wenig bewegt hatte.«
Als von Frisch nachfragte, warum dann aber den Anglern erlaubt sei, ihre Regenwürmer quicklebendig auf die Haken zu stecken, wurde ihm geantwortet, dies geschehe ja im Dienste der Volksernährung.
Und eben diese »Volksernährung« war es letztlich, die dafür sorgte, daß für von Frisch und seine Familie die Zeit des Krieges dann doch noch recht glimpflich verlief. Ob-

wohl die Machthaber den Forscher 1941 zu gerne aus dem Amt geworfen hätten, weil seine Großmutter mütterlicherseits Jüdin gewesen war. Nur – wie unwesentlich war dies im Vergleich zu der verheerenden Bienenseuche, die in den Jahren von 1940 bis 1942 die deutsche Landwirtschaft bedrohte! Ohne Bienen gab's nicht nur keinen Honig, sondern ohne die Bestäuber der Blüten auch kein Obst, kein Öl aus Raps und auch keinen Klee als Viehfutter! Und so kam es, daß von Frischs Institut den dringenden Auftrag der Regierung erhielt, die Seuche zu erforschen.

Ja, bald sollte von Frisch obendrein versuchen, Bienen ganz »nach dem Bedarf der Landwirte zum Beflug bestimmter Blütenarten anzuregen«, um die Erträge zu steigern. Sogar von der Front konnten einige Mitarbeiter für diese sogenannten Duftlenkungsversuche zurückgeholt werden. Was wollte man mehr!

Na ja, sicherlich auch raus aus München, nachdem die Bombenangriffe auf diese Stadt im Jahre 1944 immer schlimmer wurden. Als schließlich vom Wohnhaus der von Frischs nur noch ein paar jämmerliche Mauerreste standen und das Institut ausgebrannt war, zog von Frisch mit den meisten seiner Mitarbeiter ganz nach Brunnwinkl. Hier konnten sie wenigstens Kartoffeln und Gemüse anbauen, um nicht verhungern zu müssen.

Die restliche Zeit aber gehörte auftragsgemäß den Duftlenkungsversuchen. Und so kam es, daß von Frisch im Sommer 1944 ein mit Lavendelduft versehenes Zuckerwasserschälchen in 150 Meter Entfernung vom Bienenstock aufstellte, und, nachdem die Kundschafterinnen schon in den Stock zurückgeflogen waren, noch zwei weitere Lavendelschälchen zur »Duftlenkung« ausbrachte – das eine nahe am Stock, das andere nahe am Futterplatz.

Kein besonders aufregender Versuch also. Es war ja zu erwarten, daß die durch die Tänze der Kundschafterinnen alarmierten Neulinge zuerst in der Nähe des Stockes nach der Futterquelle suchen und dabei auch zuerst auf das nahe Schälchen stoßen würden. So, wie es von Frisch zwanzig Jahre lang auf jedem seiner Vorträge über die »Sprache« der Bienen begeistert geschildert hatte.

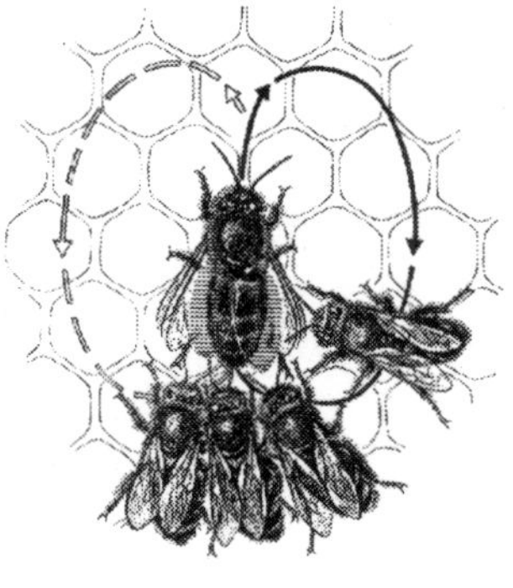

Doch dann sollte der 12. August 1944 ein recht denkwürdiges Datum werden: Denn zielstrebig flogen die benachrichtigten Bienen zur weiter entfernten Futterstelle! Die nahe gelegene Duftschale aber »fand kaum Beachtung«.
Von Frisch glaubte, seinen Augen nicht trauen zu dürfen: Gab es in der »Sprache« der Bienen etwa ein Wort für Entfernung?! »Um dahinterzukommen, richtete ich es so ein, daß zwei Gruppen von Sammelbienen aus demselben Beobachtungsstock gleichzeitig an zwei Futterplätzen in verschiedener Entfernung (12 und 280 Meter) verkehrten. Neben einer individuellen Nummer hatten alle Nahsammlerinnen als auffälliges Kennzeichen einen blauen Klecks auf den Hinterleib bekommen, alle Fernsammlerinnen einen roten. Nach diesen Vorbereitungen öffnete ich den Beobachtungsstock, in der stillen Hoffnung, einen dem menschlichen Auge erkennbaren Unterschied in der Tanzweise der beiden Gruppen vorzufinden.« Und der Forscher entdeckte ihn: Alle blauen Bienen machten Rundtänze, alle roten von der fernen Sammelstelle Schwänzeltänze.
Diesen Schwänzeltanz, bei dem die Biene zwischen zwei Rundbögen immer wieder ein Stück auf der Wabe geradeaus läuft und dabei eifrig mit dem Hinterleib wackelt, kannte von Frisch natürlich. Nur hatte er ihn zwanzig Jahre lang auf seinen Vorträgen als den Tanz pollensammelnder Bienen bezeichnet. »Nun kam heraus, daß ich mich geirrt hatte. Der Rundtanz bedeutete eine nahe Futterquelle, der Schwänzeltanz eine solche, die 50 bis 100 Meter oder noch weiter entfernt lag. Der Irrtum war dadurch entstanden, daß ich früher« – im Gegensatz zu den stets in der Nähe des Stockes mit Zuckerwasser verwöhnten, rundtanzenden Bienen – »Schwänzeltänze nur an Pollensammlerinnen

So weist die Biene ihren Kolleginnen auf einer senkrecht stehenden Wabenfläche die Richtung zur Futterquelle:
a: Erfolgt der Schwänzeltanz in der Richtung »nach oben«, so liegt das Ziel in Richtung zur Sonne.
b: Ein Schwänzellauf um 40 Grad nach links von der Richtung nach oben bedeutet dagegen ein Ziel, das um 40 Grad nach links von der Sonne versetzt liegt.

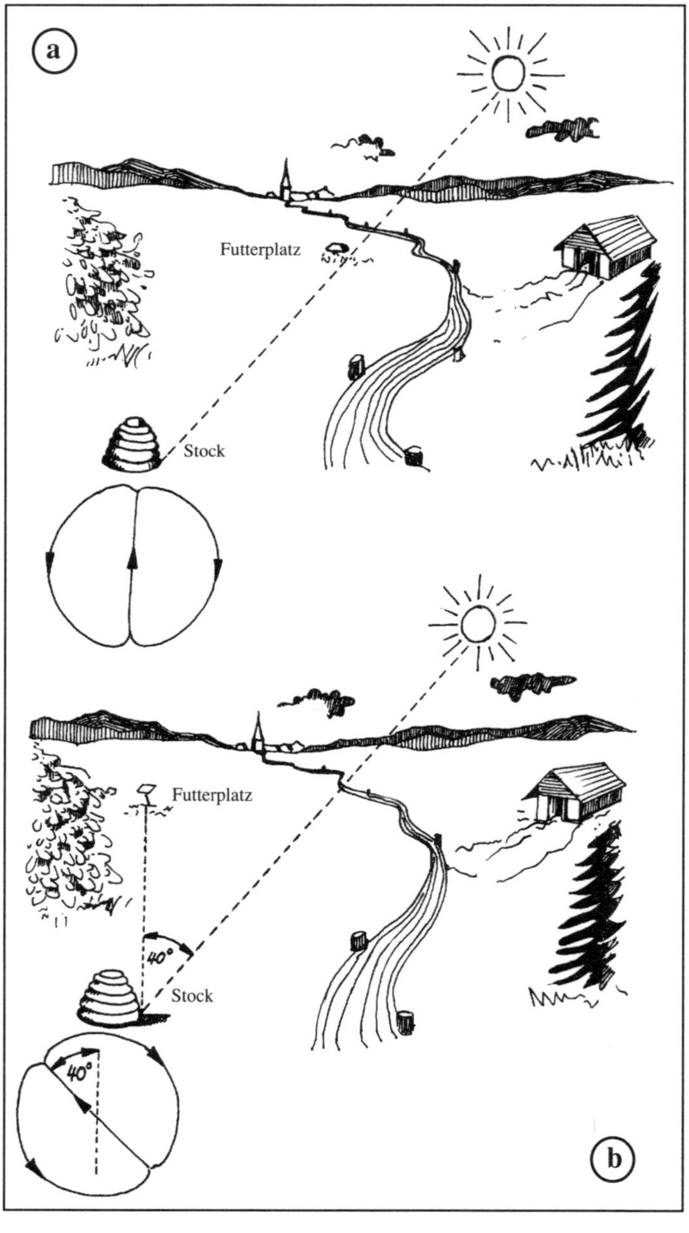

sah, die von ihren natürlichen Trachtquellen aus größerer Entfernung kamen.«
Wie aber war von Frisch erst begeistert, als er im Sommer 1945 beim genauen Hinsehen erkannte, daß der Schwänzeltanz überdies die genaue Entfernung einer kilometerweit abgelegenen Futterquelle verrät! Denn je weiter weg der Platz lag, desto langsamer durchtanzten die gekennzeichneten Kundschafterinnen die Schwänzelstrecke. Ja, sogar die Himmelsrichtung, in der die Trachtquelle lag, konnten die Bienen den Neulingen vermitteln. Die Lösung dieses Rätsels beeindruckte von Frisch so sehr, daß er nie die Stunde vergaß, in der er sie fand. »Es war die Mittagszeit des 15. Juni 1945, als mir bewußt wurde, daß alle numerierten Tänzerinnen, die an einem 400 Meter nördlich vom Stock gelegenen Futterplatz ihr Zuckerwasser holten, auf der vertikalen Wabenfläche ausnahmslos beim Schwänzeltanz nach unten rannten, während gleichzeitig ungezeichnete Bienen, die irgendwo an mir unbekannten Plätzen Blumen sammelten, nach allen möglichen verschiedenen Richtungen tanzten. In den folgenden Stunden änderte meine Schar vom 400-Meter-Platz ihre Tanzrichtung allmählich entgegen den Uhrzeigersinn um den gleichen Winkel, um den inzwischen die Sonne am Himmel im Sinne des Uhrzeigers weitergegangen war.«
Voller Spannung legte von Frisch daraufhin im Süden einen zweiten Futterplatz an. Und siehe da: Die Kundschafterinnen dieses Zieles schwänzelten ihren nördlichen Kolleginnen auf der Wabe entgegen.
Schließlich stand fest, daß sich Bienen bei ihrem Flug zum Ziel den Winkel zwischen dem augenblicklichen Sonnenstand und ihrer Flugbahn merken. Dieser Winkel wird dann beim Tanz im dunklen Stock auf die Wabe übertragen. Ein Schwänzeltanz nach oben heißt, daß der Futterplatz in Richtung Sonne liegt, ein Schwänzeltanz nach unten, daß die Neulinge entgegengesetzt zur Sonne fliegen

müssen. Ein Schwänzeltanz 60 Grad nach links oben aber bedeutet: Das Ziel liegt 60 Grad links von der Sonne.
Welch gewaltiges Ergebnis! Doch wieviel Mühe hatte es den neunundfünfzigjährigen Forscher gekostet, hinter diese Leistungen der kleinen Bienengehirne zu kommen! Wie viele Enttäuschungen waren zu verkraften gewesen, etwa wenn das Wetter immer wieder mitten in einem wichtigen Versuch umschlug oder wenn sich fremde Bienen eingeschmuggelt hatten!
Nun, wenigstens brachte das Jahr 1946 den Menschen nach den Schrecken des zweiten Weltkrieges endlich wieder Hoffnung auf ein normales Leben. Da München noch in Schutt und Asche lag, zog von Frisch allerdings zunächst einmal nach Graz, wo ihm der Lehrstuhl für Zoologie angeboten worden war. Zwei Jahre lang lebte der Forscher dort mit seiner geduldigen Frau in einem einzigen Zimmer des Institutes, das als Sprech- und Arbeitszimmer, Wohn- und Schlafzimmer, Baderaum und Küche dienen mußte (aber zum Kochen gab es ohnehin noch nicht viel). Und so war es verständlich, wenn Brunnwinkl unter diesen Umständen besonders lockte. Seine Geräumigkeit, seine Ruhe – und wie immer die Bienen. Denn die Erforschung ihrer »Sprache« erwies sich als schier unerschöpflich. Immer tiefer drang von Frisch in ihre Geheimnisse ein, erkannte Dinge, die die Kollegen in ganz Europa und Amerika kaum glauben mochten, so unfaßbar waren sie; und er staunte selbst vielleicht am meisten über die ungeheuren Fähigkeiten der Bienen, die die Sonne so unfehlbar als Kompaß benutzen. Was ja – unter anderem – voraussetzt, daß diese kleinen Tierchen durch eine »innere Uhr« immer wissen, wie spät es ist und wo um diese Zeit die Sonne am Himmel hingehört. Auch, wenn er bewölkt ist.
Nur einmal in all den Jahren gelang es dem Gelehrten, seine Bienen sprachlos zu machen. Er suchte das »Wort« für »oben« oder »unten«.

»Schon in Graz mußten sich die numerierten Bienen daran gewöhnen, samt ihrem Futtertischchen mit einem improvisierten Aufzug von der Straße empor zur Regenrinne des Institutsdaches zu reisen.« Während »bei der Fortsetzung in München«, wohin es den Forscher im Sommer 1950 endgültig aus alter Treue gezogen hatte, »hochragende Ruinen zerbombter Häuser bevorzugte Versuchsstätten« waren. Aber irgendwie schickten die Kundschafterinnen ihre Stockgenossen hinauf oder hinunter, ohne daß das Signal zu erkennen gewesen wäre.

»Erst mit Hilfe der bayerischen Landespolizei gelang uns schließlich die Lösung der Frage.« Denn sie sperrte eine 76 Meter hohe Brücke, damit die Wissenschaftler ungestört arbeiten konnten, und stellte überdies einen ihrer Funktürme zur Verfügung. An ihm war es den Bienen unmöglich, sich beim Flug senkrecht hinauf zu ihrem Futterplatz an einer Wand zu orientieren: »Da waren sie mit ihrer Weisheit am Ende und sandten ihre Stockgenossen durch Rundtänze auf die umliegenden Wiesen, während sie selbst sich gegen den Himmel schraubten.« Es gibt kein »Wort« für diese unnatürliche Anforderung. »In die Baumkronen finden sie, sobald sie den Baum erreicht haben, auch ohne spezielle Höhenweisung, und in den Wolken hängt kein Nektar.«

Auf Ruinen, Funktürmen oder Felsvorsprüngen herumzuturnen – mit stolzen siebenundsiebzig Jahren sah Karl von Frisch endlich ein, daß dies wohl eher Aufgaben für jüngere Mitarbeiter waren. Und auch die Durchführung der meisten Versuche, die mitunter sogar »über die Ozeane« führten, hatte er inzwischen immer häufiger seinen zahlreichen Schülern überlassen, seit er im Jahre 1958 begonnen hatte, sich aus dem Universitätsalltag zurückzuziehen.

»Nur mehr in Gedanken« reiste der über die Jahre stark schwerhörig gewordene Forscher mit, lieferte Anregungen und half durch seine wertvollen Verbindungen zu Biologen auf der ganzen Welt. Ansonsten wandte sich von Frisch ganz der Schreibtischarbeit zu. Vieles gab es noch zu erledigen, denn fast alles, was die Bienen in den zurückliegenden fünfzig Jahren aus ihrem Leben verraten hatten, war lediglich in zahlreichen zerstreuten Einzelarbeiten veröffentlicht worden. Es galt, aus ihnen übersichtliche Werke zu formen. Und auch eine kleine Biographie wurde fortgeführt, in der der alte Herr noch einmal sein ausgefülltes Leben an sich vorüberziehen ließ – bis hin zu dem kleinen australischen Nymphensittich mit dem frechen Schopf, dem gelben Kopf und den orangeroten Backen, der als soundsovielter Nachfahre des »Ur-Tschocki« selbst den in Ehren ergrauten Naturforscher zum Staunen brachte:

»Merkwürdigerweise ist nicht nur seine ganze Farbe, sondern auch sein ganzes Benehmen sehr gegensätzlich zu meinen früheren grünen Sittichen. Während diese, wie so viele Tiere, eine Vorliebe für Süßigkeiten hatten, bevorzugt er gesalzene Speisen, ja er stattet bei jeder Mahlzeit dem Salzfaß einige Besuche ab und verzehrt mit sichtlichem Genuß einige Körnchen vom puren Salz. Obwohl er stets genug Futter im Käfig hat, speist er als geselliges Wesen lieber mit uns, wo das Menü zudem mehr Abwechslung bietet ... Da er, abermals gegen die Gewohnheit anderer Sittiche und Papageien, seine Nahrung beim Fressen nicht im Pfötchen hält, pflegt er aus den Schüsseln auf dem Tisch zu zerren, was er in Ruhe genießen will, zum Beispiel Spaghetti mit Tomatensoße. Meiner Frau blieb nur die Wahl zwischen Familienzwist oder einer Nylondecke über dem Tischtuch; sie entschied sich für die letztere.«

Schade, daß es dieser bemerkenswert strapazierfähigen Frau, die 1964 nach kurzer Krankheit starb, nicht vergönnt war mitzuerleben, wie ihr Mann im Jahre 1973 (zusammen mit zwei weiteren berühmten Tierverhaltensforschern – Konrad Lorenz und Nikolaas Tinbergen) den Nobelpreis für Physiologie und Medizin verliehen bekam. Er war die Krönung einer wissenschaftlichen Arbeit, deren Wesen

Karl von Frisch mit Stanislaus.

Karl von Frisch, der gerne reimte, bereits im Jahre 1919 in einem kleinen Gedicht einzufangen versucht hatte:

Vergänglich ist der Menschen Werk
Drum wende Deinen Blick
Von ihrem Tun und Lassen ab
Und zur Natur zurück

Wie schön und wie unendlich groß
Enthüllt sich ihr Getrieb'
Da, wo in ihrem Zauberschloß
Ein Spalt als Guckloch blieb

Da staunst Du dann und siehst ein Stück
Vom ewigen Geschehn,
Und könntest leicht ein Leben lang
Vor solchem Guckloch stehn

Karl von Frisch starb am 12. Juni 1982 im gesegneten Alter von fünfundneunzig Jahren in München.

Jetzt haben wir doch tatsächlich durch die bahnbrechenden Versuche von Iwan Pawlow und Karl von Frisch eine Weile das »große Ganze« der Biologie aus den Augen verloren – die Evolution.
Aber selbst die meisten Verhaltensforscher schienen zu Beginn unseres Jahrhunderts ein wenig vergessen zu haben, was Darwin einst so deutlich erkannt hatte: daß sich nicht nur der Körperbau der Lebewesen durch die natürliche Auslese der Umwelt angepaßt hat, sondern auch ihr angeborenes Verhalten. Und daß man deshalb auch durch den Vergleich der angeborenen Verhaltensweisen genau erkennen könne, wie nahe verschiedene Tierarten miteinander verwandt sind.

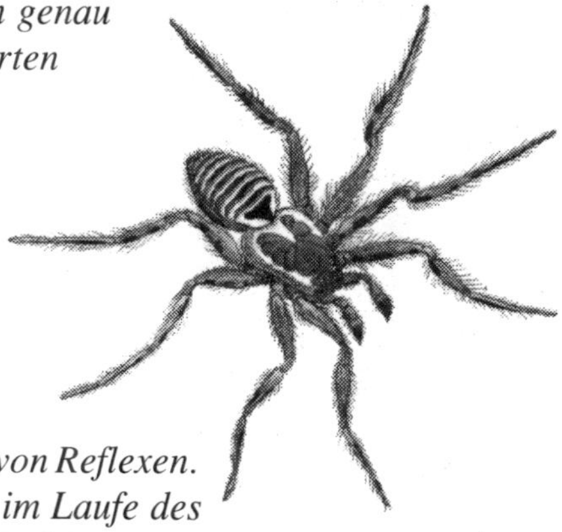

Nein – sich für den »Stammbaum des Verhaltens« zu interessieren, danach stand den meisten Wissenschaftlern um das Jahr 1920 herum nicht der Sinn. Schließlich hatten sie sich ja noch nicht einmal darauf geeinigt, was Verhalten wirklich ist!
Hätte man Pawlow danach gefragt, hätte er sicher geantwortet: »Verhalten ist eine Kette von Reflexen. Jedes Lebewesen erlernt sein Verhalten erst im Laufe des Lebens als Antwort auf die verschiedensten Erfahrungen. Bei der Geburt ist jedes Tier dagegen ohne jeden angeborenen Instinkt wie eine leere Tafel.« Und wenn es kein angeborenes Verhalten gibt – dann kann es auch keine Evolution des ererbten Verhaltens gegeben haben!
Von Frisch dagegen hätte auf dieselbe Frage geantwortet: »Verhalten, das ist bei meinen Bienen das Anwenden bestimmter angeborener Verhaltensmuster.«
Immerhin muß nicht nur der Kundschafterbiene der Schwänzeltanz angeboren sein, sondern auch ihren Kolleginnen das »Wissen«, nach dem Beobachten dieses Tanzes den Stock zu verlassen und zielsicher die Nahrungsquelle anzufliegen. Wie anders als durch einen »arteigenen

Trieb« sollten die Tierchen denn sonst dazu gebracht werden, dies zu tun?
Ja, und so standen sie sich also gegenüber: Die Anhänger der Lehre Pawlows, die nur an erlernte Reflexe glaubten, und jene Naturforscher, die wie von Frisch von einem angeborenen »inneren Wissen« der Tiere überzeugt waren. Eine Einigung schien nicht in Sicht.
Bis da einer kam, der gründlich beobachtete, was angeborene Verhaltensmuster eigentlich sind und wodurch sie ausgelöst werden – und vor allem, warum sich Lebewesen in ihrer natürlichen Umwelt gerade »so und nicht anders« verhalten. Womit wieder die Brücke zur Evolutionslehre geschlagen wurde, die ja die Anpassung des Lebens an die Umwelt zu erhellen versucht.
Dabei war der Mann, dem dies glückte, nicht einmal der erste, der sich seit Darwin an die Erforschung – und den Vergleich! – der angeborenen Instinkte verschiedener Tierarten gewagt hatte. Nein, da waren schon andere vor ihm gewesen. Der Amerikaner Charles Whitman (1899) zum Beispiel und die Deutschen Oskar Heinroth (1911) und Jakob von Uexküll (1921), um nur wenige zu nennen.
Doch nicht sie wurden berühmt, sondern der Österreicher, von dem im folgenden die Rede sein soll. Denn er, der für viele zum Idealbild des Verhaltensforschers wurde, erreichte mit seiner Botschaft bei weitem die meisten Menschen: Konrad Lorenz.

SCHNATTERN FÜR DIE MENSCHHEIT

Konrad Lorenz (1903–1989)
Vom »Gänsevater« zum »Umweltpapst«

Zuallererst wollte er eine Eule sein – weil die abends nicht schlafen gehen muß. Dann aber lernte Konrad schwimmen, und da Eulen nun mal keinen Spaß am Tauchen haben, beschloß der fünfjährige Junge, besser eine Gans zu werden. Am liebsten so eine wie die aus dem Buch »Die wunderbare Reise des kleinen Nils Holgersson mit den Wildgänsen«. Mucksmäuschenstill hatte Konrad dieser Geschichte von Selma Lagerlöf gelauscht. Und als ihm ein Jahr später dämmerte, daß er keine Gans werden konnte, wollte er wenigstens eine haben.

Doch die Mutter genehmigte nur eine kleine Ente, und selbst dies »gegen den Widerspruch meines Vaters«, erinnerte sich Konrad Lorenz viele Jahre später. »Er hielt es für Tierquälerei, einem Sechsjährigen ein neugeborenes Entlein anzuvertrauen, und sagte diesem kein langes Leben voraus.« Der berühmte Arzt Adolf Lorenz sollte sich irren. Entchen »Pipsa« wuchs und gedieh – genauso wie ihr Geschwisterchen, das sich Konrads neunjährige Freundin Gretl gleich am nächsten Tag erbettelte. Und so zogen die beiden Kinder im Sommer 1909, auf Schritt und Tritt von ihren schnatternden Küken verfolgt, an den nahe gelegenen Ufern der Donaualtwasser entlang und spielten »Entenmütter«:

»Wir verstanden es richtig, wenn einer unserer Pfleglinge das ‚Pfeifen des Verlassenseins' ausstieß, und reagierten entsprechend, wenn eines der Kinder fror oder hungrig war . . . Wenn wir das ‚Trillern' hörten, das junge Entenvögel . . . äußern, wenn sie gewärmt werden und schlafen gehen wollen, machten wir sofort warme Falten und Taschen in unsere Kleider und wärmten die Küken an unseren Körpern. So beschäftigten wir uns den ganzen Sommer mit unseren Adoptivkindern.«
Vielleicht war es ja diese rührende Pflege, die Konrads Vater überzeugte, daß sein Sohn wirklich mit Tieren umzugehen verstand. Auf alle Fälle seufzte der ansonsten sehr strenge Herr bald nur noch nachgiebig, als Konrad obendrein begann, ein Aquarium nach dem anderen aufzustellen. Und zog der Junge einmal nicht barfüßig mit seinem selbstgebastelten Käscher in die Donauauen, um Bewohner für diese Glaskästen zu fangen, dann saß er sicher irgendwo und zeichnete – Wasservögel. Das heißt, wenn er nicht gerade mit Gretl »Tiere« spielte. Hunde oder Enten ahmten sie dabei nach, alles eben, was die unzertrennlichen Kameraden gerade besonders faszinierte. So kam es, daß sie eine Zeitlang auch »Iguanodonten« waren. Obwohl es schon Phantasie erforderte, diesen acht Meter hohen Dinosaurier darzustellen. »Dazu steckten wir uns in den Hosenbund Stücke von alten Gartenschläuchen, so daß wir einen Schwanz nachschleppten, hielten die Daumen in die Höhe – Sie wissen, daß der Iguanodont Dornendaumen hatte, als Waffe – und gingen feierlich als ‚Igonaunodonten' im Garten spazieren!«
Die falsche Aussprache des Dinosauriernamens hatte Konrad von seinem Kindermädchen Resi. Die hatte beim Vorlesen aus dem Buch »Schöpfungstage« mit all den seltsamen Namen ihre liebe Not gehabt. Und seine liebe Not hatte einige Zeit zuvor auch Konrads Vater gehabt, als ihn sein Sohn mit der Frage überraschte, ob der Regenwurm

ein Insekt sei. Schließlich sei der Körper des Regenwurmes in derselben Weise gegliedert wie der Hinterleib einer Wespe. Der Arzt wußte keine Antwort. (Sie hätte gelautet: Der Regenwurm ist zwar kein Insekt, doch beide Tierarten gehören zur Gruppe der Gliedertiere. Regenwurm und Wespe sind also wirklich miteinander verwandt!)

Der Archäopterix.

Aber nun blätterte Konrad, wenn Resi nicht vorlas, ohnehin selbst in dem Buch von Wilhelm Bölsche. Und was entdeckte er da? Den Archäopteryx. Den »Urvogel, der noch Zähne in den Kiefern hatte und einen langen Eidechsenschwanz, in dessen Wirbeln je ein Paar Federn steckte. Da wurde mir klar – ich muß ja ein sehr gescheites Kind gewesen sein –, daß der Regenwurm zur Wespe im selben Verhältnis steht wie der Archäopteryx zum heutigen Vogel! Bitte, ich schwöre, daß das nicht aufgeschnitten ist ... Daraufhin wollte ich selbstverständlich Paläontologe werden, so beeindruckt hat mich das Bölsche-Buch. Ich dachte, die Paläontologie, also das Studium versteinerter fossiler Tiere und Pflanzen, sei das Interessanteste. Daß die Stammesgeschichte, die Evolution, das Welträtsel ist, war mir damals wirklich vollständig klar.«

Paläontologe wollte der Grundschüler also später werden. Allerdings offensichtlich einer mit voller Liebe zu allem Lebendigen. Denn ganz allmählich verwandelte das liebe Kind sein Elternhaus in einen regelrechten Zoo. Gut, das Anwesen, das Konrads reicher Vater in dem verträumten österreichischen Dörfchen Altenberg, zwanzig Kilometer nordwestlich von Wien, hatte bauen lassen, war riesig. Aber Konrad schien sich tatsächlich vorgenommen zu haben, jeden Winkel dieses prunkvollen Schlößchens zu füllen. Da hielten Wüstenspringmäuse Einzug

Links: Naosaurus.

und Kleinkrebse, Schildkröten und Laubfrösche, Halbaffen und Seidenreiher, Singvögel, die sich dank guter Pflege fröhlich vermehrten, und Enten. Lauter verschiedene Arten, so viele das Taschengeld hergab. Nur Dackel Kroki kam der Mutter erst ins Haus, als ihr Sohn feierlich versprochen hatte, sich nie von ihm abschlecken zu lassen.
»Ein blöder und charakterloser Köter«, vermerkte der junge Besitzer später in seinem Tagebuch.
Doch der Gymnasiast erkannte bei der Beobachtung seiner vielen Schützlinge auch Wichtigeres. Zum Beispiel brachten die aggressiven Buntbarschmännchen regelmäßig ihre Weibchen um, wenn sie kein anderes Männchen in ihrer Nähe hatten, mit dem sie kämpfen konnten. Um die Weibchen zu schonen, kam der Siebzehnjährige auf die Idee, am Aquarium einen Spiegel anzubringen. Es klappte: Die Männchen kämpften gegen ihr Spiegelbild und ließen die Weibchen in Ruhe, weil sie ihren angeborenen Kampftrieb loswerden konnten.
Bei all den vielen Tieren, die jeden Tag umsorgt werden mußten, war es erstaunlich, daß Konrad überhaupt noch Zeit hatte, die Abschlußprüfungen am vornehmen Schottengymnasium in Wien sogar mit Auszeichnung zu bestehen. Aber nun Paläontologie oder Zoologie studieren? Das kam für Vater Lorenz nicht in Frage. Mediziner sollte sein Zweitgeborener werden – am besten im 7.000 Kilometer entfernten New York.
So reiste der Sohn unglücklich über den Ozean – und stand schon wenige Monate später wieder vor seinem Vater in Altenberg. Es war ihm gelungen, das Geld für die Heimreise vom Taschengeld zusammenzusparen.
Erst als Konrad versicherte, in Wien weiter Medizin zu studieren, war der Vater versöhnt und der junge Mann erleichtert. Endlich war er wieder bei Gretl, den Donauauen und seinen Tieren. Ja, selbst die Medizin begann bald Spaß zu machen. Besonders die Anatomie, die Lehre vom Körper-

bau der Lebewesen. Sie wurde in Wien von dem berühmten Ferdinand Hochstetter unterrichtet, der die Gabe hatte, seinen Schülern eines sehr deutlich zu machen: nämlich die Art und Weise, »wie man aus Ähnlichkeit und Unähnlichkeit moderner, lebender Tierformen deren Stammesgeschichte rekonstruieren kann«.

Richtig, da war sie wieder, die Paläontologie! Vor allem das, was bereits den Grundschüler Konrad an ihr gereizt hatte – die Möglichkeit zu erkennen, wie weit voneinander die verschiedenen Tierarten unserer Erde auf dem berühmten Stammbaum der Evolution anzusiedeln sind.

Und genau wie Darwin, dem »Vater« dieses Stammbaums, wurde auch dem jungen Studenten in kurzer Zeit bewußt, daß sich nicht nur der Körperbau der Tiere im Laufe der Evolution verändert hatte, sondern auch ihr Verhalten. Worüber seit Darwin allerdings keiner mehr gründlich nachgedacht zu haben schien.

Lorenz aber begann nun mit Feuereifer, besonders das Verhalten seiner Enten und Buntbarsche »stammesgeschichtlich« zu durchleuchten. Immerhin hatte er sich schon als Gymnasiast notiert, daß der schmucke Stockentenmann sein Weibchen anders umwirbt, als dies sein Kollege aus der Art der Augenbrauenenten tut oder der heiratswütige Spießentenmann. Denn obwohl alle drei Erpel bei der Balz die gleichen Haltungen und Bewegungen vollführen: sie reihen sie anders aneinander!

Der Grund dafür leuchtete Lorenz ohne weiteres ein. Nur wenn jede Entenart ihre eigenen »Balzrituale« besitzt, finden wirklich die Partner derselben Art zueinander. Hätten alle Entenarten dagegen dieselben Balzrituale, gäbe es rasch ein Riesendurcheinander. Der Stockentenmann würde der Riesendampfschiffente schöne Augen machen und mit ihr Kinder bekommen wollen, die Krickente fiele auf das Werben des Spießerpels herein . . . Ja, einzig, wenn jeder Erpel auf die seiner Art angeborene Weise wirbt und das Weibchen dieses Balzritual durch die ihr angeborenen Instinkte erkennt, bleibt die Art rein erhalten. Und die Arterhaltung ist schließlich eines der »Ziele« der seit Jahrmillionen andauernden Evolution der Wirbeltiere!

So kam es, daß die Brautwerbung für Konrad Lorenz bald ein hübsches Erkennungsmerkmal dafür wurde, wie nah oder wie entfernt verwandt die verschiedenen Entenarten waren, die er in Altenberg hielt. »Und damit war die vergleichende Verhaltensforschung geboren!«

Doch obwohl der Student seine ersten Erkenntnisse über die »vergleichende Verhaltensforschung« an Enten und Buntbarschen gewonnen hatte, handelte sein erster Aufsatz in einer zoologischen Zeitschrift nicht von diesen Tieren – sondern von Dohlen. Genauer gesagt, vor allem von einem reizenden Dohlenjungvogel. Der Medizinstudent hatte ihn

1926 aus Mitleid in einer Tierhandlung gekauft, um ihn großzuziehen und später freizulassen.
Ja, und damit begann die Geschichte: Denn als das Dohlenweibchen flugfähig war, dachte es gar nicht daran, seinen Retter zu verlassen. Mußte andererseits Lorenz »sie einmal notgedrungen alleine lassen, rief sie verzweifelt ihren Ruf: ‚Tschok!‘ Diesen Ruf erhielt sie denn auch zum Namen.«

Darstellung des Zoologen Alfred Brehm (1829–1884).

Egal, ob der junge Mann nun wanderte oder lange Radtouren unternahm, Tschok folgte ihm wie ein Hund. Und auch die vierzehn Dohlen, die Konrad Lorenz im darauffolgenden Jahr aufzog, verhielten sich wie Tschok. Sie waren auf ihren Ernährer »geprägt«. Womit eines ganz deutlich bewiesen war: Die von Hand aufgezogenen Dohlen »wußten« gar nicht von Geburt an, zu welcher Art sie gehörten. Sie hielten sich für Menschen. Oder Lorenz vielleicht für eine Dohle.

An den ohne ihre Eltern aufgewachsenen Vögeln gab es jedoch auch Verhaltensweisen zu beobachten, die auf ein inneres Wissen der Tiere schließen ließen.

Denn als sich zum Beispiel Tschok, die ohne Mutter groß geworden war, gegenüber einer Jungdohle wie eine ganz normale Mutter verhielt – da war für Lorenz offensichtlich, daß Tschok das Brutpflegeverhalten angeboren sein mußte! Was in der Natur auch so sein muß: »Die eigenen Jungen sind ja die ersten, die ein solcher Vogel zu sehen bekommt. Würde er nicht mit instinktmäßig festgelegten, ererbten Verhaltensweisen auf sie reagieren, so würde er sie unfehlbar wie jedes andere gleichgroße Lebewesen zerreißen und auffressen.«

Persönlicher betroffen war Konrad Lorenz dagegen von einer anderen angeborenen Reaktion seiner Dohlen. Die munteren Tierchen griffen nämlich jeden wütend an, der etwas Schwarzes, Zappelndes trug.

Nicht nur, daß Tschok – die liebe, zahme Tschok! – dem Medizinstudenten ein Loch in die Hand pickte, als er zum ersten Mal in ihrer Gegenwart nach einer der jüngeren Dohlen griff. Nein, »dank einer Zufallsbeobachtung in jenem Sommer wurde mir der blind reflektorische Charakter der beschriebenen Reaktion noch deutlicher. Ich war in sinkender Dämmerung vom Bad in der Donau nach Hause gekommen und eilte aufs Dach, um die Dohlen, wie allabendlich, in den Käfig zu locken und schlafen zu legen.

Als ich, von den Vögeln umschwärmt, in der Dachrinne stand, spürte ich plötzlich etwas Naßkaltes, nämlich meine schwarze Badehose; ich hatte sie in der Eile einfach eingesteckt. Nun zog ich sie heraus und – war im nächsten Augenblick von einer Wolke wütend schnarrender Dohlen umgeben; dabei hagelte es schmerzhafte Schnabelstöße auf die Hand, in der ich meine Schwimmhose hielt ... Daß ich den Dohlen als ungefährlich bekannt, ja sogar Freund war, spielte dabei gar keine Rolle.«
Solch ein Schnarr-Angriff war also eine recht unangenehme Sache. Doch es gab noch einen anderen Grund, warum Konrad Lorenz nicht den Zorn der Dohlen erregen wollte. Denn löst man einen Schnarr-Angriff zwei- oder dreimal hintereinander bei ein und derselben Dohle aus, so hat »man es sich mit ihr für immer verdorben«. Da mag die Dohle vorher noch so zahm gewesen sein und der »Verbrecher« nie wieder etwas Schwarzes, Zappelndes in Händen halten – sie schnarrt das »Raubtier« an. Wobei für unseren Verhaltensforscher besonders lästig geworden wäre, daß eine verärgerte Dohle im Nu auch alle anderen davon überzeugt, wie böse dieser Mensch – in ihren Augen – ist.
»Der ursprüngliche Sinn der ‚Schnarr-Reaktion' liegt zweifellos darin, einen von einem Raubtier ergriffenen Artgenossen zu verteidigen, ihn womöglich zu retten oder doch wenigstens dem Räuber den Genuß der Beute so zu erschweren, daß ihm künftig die Dohlenjagd gründlich verleidet wird. Wenn etwa der Habicht deshalb Dohlen weniger gern frißt als andere Vögel, die ihm die Jagd nicht verschnarren und verekeln, muß sich die Reaktion für die Dohlen schon ‚rentieren', das heißt, einen erheblichen Wert für die Arterhaltung haben.«
Ja, die Arterhaltung! Sie war auch hier des Rätsels Lösung. Und am stärksten faszinierte Konrad Lorenz dabei, daß Dohlen in der Entwicklung ihres Familienlebens schon so weit fortgeschritten sind, daß ihnen die Angst vor Feinden

nicht mehr angeboren ist, sondern ihnen von den Eltern beigebracht werden kann.
Anders ausgedrückt: Den hochentwickelten Dohlen fehlen einige Instinkte – weil sie fähig sind, aus Erfahrung zu lernen –, die anderen Vogelarten noch angeboren sind. Selbst die zahmste, von Hand aufgezogene Elster flieht zum Beispiel sofort, sobald sie eine Katze erblickt. Ihr ist das »Wissen« angeboren, daß so ein Stubentiger für sie gefährlich werden kann. Die Dohlen aber müssen diese Dinge erst von ihren Eltern zugeschnarrt bekommen.

Elster.

Und gerade dies erwies sich für Lorenz als mittelgroßes Problem. Denn da er nun mal keine Dohle war und seinen »Kindern« nichts beibringen konnte, blieben sie bei Gefahr seelenruhig sitzen. Wodurch die Altenberger Dohlenschar in der ersten Zeit »bedenklich zusammenschmolz«.
Als Trost blieb dem Naturforscher immerhin das Gefühl, als erster beobachtet zu haben, daß es auch bei Tieren so etwas wie »Tradition« gibt – Tradition im Sinne von »mündlicher Überlieferung«. Und die, dachte man bis dahin, gäbe es nur beim Menschen.
Das hohe Sozialverhalten der Dohlen – das war also das Thema, mit dem sich Konrad Lorenz zum ersten Mal an die Öffentlichkeit wagte. Das heißt, vielleicht hätte sich der Vierundzwanzigjährige gar nicht getraut. Die ganze Sache war wohl mehr ein Hochzeitsgeschenk von Gretl, die der junge Mann im Sommer desselben Jahres geheiratet hatte. Sie tippte die Notizen heimlich aus Konrads Tagebuch ab und schickte sie an Oskar Heinroth in Berlin. Dieser Mann war Leiter der Vogelwarte Rossitten in Ostpreußen und zur

Oskar Heinroth (1871–1945). Konrad Lorenz hatte ihm sehr viel zu verdanken.

damaligen Zeit der bekannteste deutsche Vogelforscher. Er hatte fast alle Vogelarten Mitteleuropas fotografiert und ihr Verhalten in zahllosen Notizen festgehalten.
Kein Wunder also, daß Gretl ausgerechnet Heinroth wählte, dessen Namen sie sicher oft von Konrad gehört hatte. Denn nachdem der Medizinstudent erst einmal begriffen hatte, wie gut sich das Verhalten seiner Enten dazu eignete, etwas über ihre Abstammungsgeschichte zu erfahren, hatte er natürlich versucht, noch mehr über diese Wasservögel

zu lesen. Dabei war er auf einen älteren Artikel Heinroths gestoßen, in dem dieser von seinen »vergleichenden Verhaltensbeobachtungen« an Enten berichtet hatte und die Überzeugung äußerte, daß sich das Verhalten der einzelnen Arten zur Stammbaumforschung ebenso eignet wie Knochen oder Federn. Dem Mann in Berlin war für diese Forschungsrichtung sogar schon ein Name eingefallen. Er nannte sie »Ethologie« nach einem Wort aus dem Griechischen. Es bezeichnet »die Lehre vom Verhalten der Tiere«. Konrad Lorenz hatte daher rasch einsehen müssen, daß er gar nicht der Entdecker der vergleichenden Verhaltensforschung war. Ja, selbst Heinroth war es nicht. »Erst viel später, als Heinroth und ich längst Freunde geworden waren, erfuhren wir, daß der wirkliche Pionier auf dem Felde der vergleichenden Verhaltensforschung, nämlich Charles Otis Whitman (1842–1910), dieselben Beobachtungen bereits früher als Heinroth, viel früher als ich und auf genau die gleiche Weise gemacht hatte. Obwohl sein Objekt Taubenvögel, also eine andere Vogelgruppe, gewesen waren, war er zu denselben Schlußfolgerungen gelangt.«
Doch den Amerikaner Whitman kannte Ende der zwanziger Jahre niemand mehr. So wie heute kaum noch jemand weiß, wer Oskar Heinroth war. Nur sein zweiunddreißig Jahre jüngerer »Schüler« Konrad Lorenz wurde berühmt. Allerdings sollte es bis dahin noch etwas dauern . . .
Heinroth war von dem Bericht über die Altenberger Dohlenkolonie so begeistert, daß er sofort für die Veröffentlichung sorgte. Für den vierundzwanzigjährigen Lorenz bedeutete dies eine hohe Anerkennung – und Ansporn, nach dem erfolgreichen Abschluß des Medizinstudiums im Jahr 1928 sofort mit dem Studium der Biologie zu beginnen. Endlich stimmten »Privatvergnügen« und Ausbildung überein! So sehr, daß Konrad Lorenz schnell durch neue Aufsätze in Fachzeitungen auf sich aufmerksam machte. Ja, im Jahre 1932 ereignete sich etwas derart Außerge-

wöhnliches, daß sich selbst Konrads Vater gerne daran erinnerte: »Als die deutsche ornithologische (vogelkundliche) Gesellschaft in Wien tagte, wünschten alle Teilnehmer die Werkstätte des jungen Gelehrten kennenzulernen. Etwa hundert Personen kamen . . . nach Altenberg. Etwas später traf seine Majestät Ferdinand I., Exzar von Bulgarien, ein.« Angesichts dieser Ehre schien es Adolf Lorenz zu verschmerzen, daß Konrad nicht als Arzt arbeitete und die feudale Villa inzwischen »zu einem Dohlenhorst« geworden war. Und die Eltern gewöhnten sich zudem daran, daß die Leute im Dorf ihren Zweitgeborenen allmählich für einen Spinner hielten.
Wie sollten die Altenberger aber auch ahnen, daß der junge Mann nur seine Jungdohlen beringen wollte, als er eines Tages auf dem Dach der Villa herumturnte! Das Problem, bei den Dohlen keinen Schnarr-Angriff gegen sich auszulösen, hatte der Österreicher dabei höchst eindrucksvoll gelöst. Die Verkleidung »war für meine Zwecke sehr brauchbar, obwohl sie normalerweise nur am 6. Dezember hervorgeholt wurde: ein herrlicher dickpelziger Krampusanzug mit einer Maske, die den ganzen Kopf überzog, mit Hörnern und Zunge und einem gewaltigen, bequasteten, weit abstehenden Teufelsschwanz. Was würdest du denken, wenn du an einem schönen Junitag plötzlich von einem hochgiebeligen Hausdach herab ein wildes Schnarren hörst und, hinaufblickend, das nordische Phantom mit Hörnern, Schweif und Klauen, mit offenbar vor Hitze weit heraushängender Zunge von Rauchfang zu Rauchfang klettern siehst, umschwärmt von ohrenbetäubend schnarrenden schwarzen Vögeln? Ich glaube, in diesem Falle ließe der Gesamteindruck übersehen, daß der Teufel mit einer Flachzange Rossittener Ringe an den Beinen junger Dohlen befestigt und die Tiere dann wieder sorgfältig in die Nester setzt. Erst als ich mit dem Beringen fertig war, sah ich, daß sich in der Dorfstraße eine dichtgedrängte

Menschenmenge angesammelt hatte . . . Da der ganze Zweck der Übung verfehlt gewesen wäre, hätte ich mich zu erkennen gegeben, wedelte ich nur freundlich mit meinem Teufelsschwanz und verschwand in der Bodenluke.«

Das Geld für die Familie verdiente Gretl, die Frauenärztin geworden war. Sie tat es gern, weil sie an die Forschungen ihres Mannes glaubte. Obwohl es manchmal schwer war, ihren Beruf, den Haushalt und die Erziehung der zwei kleinen Kinder unter einen Hut zu bringen, während Konrad scheinbar untätig in der Sonne hockte und dem Flug der Vögel hinterherträumte – oder im Arbeitszimmer lange Briefe an Oskar Heinroth schrieb. Von »Triebhandlungen« und »Instinkten« war darin die Rede. Von »angeboren« und »erlernt«.

Denn darum ging es Heinroth und Lorenz ja schließlich in der vergleichenden Verhaltensforschung: um die angeborenen Instinkte, mit denen sie ihre stammesgeschichtlichen Forschungen durchführen konnten.

Aber »angeboren« und »erlernt«, das waren zu Beginn der dreißiger Jahre nicht einfach nur zwei Fachbegriffe aus der Biologie. Das waren Begriffe, über die sich die Wissenschaftler der Welt die Köpfe heiß stritten! Immerhin lebte in Rußland noch Pawlow, der die bedingten Reflexe untersucht hatte und behauptete, daß alles, was ein Tier oder ein Mensch tut, lediglich eine Reflexkette ist. Seine Lehre hatte inzwischen besonders in Amerika viele Anhänger gefunden. Diese »Behavioristen« (behavior = Verhalten) glaubten, daß ein Lebewesen bei seiner Geburt eine völlig unbeschriebene Tafel sei. Sie würde erst mit der Zeit durch Erlebnisse gefüllt. Macht ein Mensch nur gute Erfahrungen, würde er daher ein »guter« Mensch, macht er schlechte, ein »schlechter«.

Doch – das Tier und der Mensch als eine reine Reiz-Reaktions-Maschine? Völlig von außen zu steuern? Ohne jeden angeborenen Instinkt?

Halt! riefen da andere Wissenschaftler, vor allem in England. Angeborene Instinkte gibt es! Es gibt sogar mehr, als ihr denkt, denn alles ist angeboren. Nur liegen diese Instinkte leider so im Verborgenen, daß man sie nicht untersuchen kann.
Ja, und genau an dieser Stelle griff Konrad Lorenz ein. Genau das ist einer der Gründe, weshalb er berühmt wurde: weil er es schaffte, für den erbitterten Streit »angeboren oder erlernt« eine Lösung zu finden. Sie lautete »angeboren und erlernt«. Und mit dieser Theorie ist heute jeder (na ja, fast jeder – ein paar Behavioristen gibt es immer noch) einverstanden.
Dabei war der Naturforscher zu dem Beweis, daß es bei ein und demselben Lebewesen angeborene und erlernte Verhaltensteile gibt, im Jahre 1936 gar nicht ganz freiwillig gekommen. Er verdankte ihn vielmehr seiner Neugier, einem Gänseküken einmal genau beim Schlüpfen zusehen zu wollen. »Als das erste Gänsekind geschlüpft und trocken war, konnte ich der Versuchung nicht widerstehen, das reizende Wesen unter der Amme hervorzuholen und näher zu betrachten. Währenddessen schaute es mich an und stieß nach einiger Zeit das laute einsilbige ‚Pfeifen des Verlassenseins' aus, das ich nach meiner Vorbildung durch Hausenten ganz richtig als Weinen zu deuten wußte. Daher antwortete ich mit einigen beruhigenden Tönen. Daraufhin wandte sich das Gänschen mir ganz zu, steckte den Hals vor und sagte ein mehrsilbiges ‚Wiwiwiwi'. Auch den Übergang vom einsilbigen Pfeifen zum mehrsilbigen ‚Wi'-Laut verstand ich als Übergang vom Weinen zum freudigen Kontakt und interpretierte das Halsvorstrecken richtig als Gebärde der Begrüßung.
Wer hätte den Übergang vom verzweifelten Weinen zum freudigen Grüßen nicht nochmals beobachten wollen? So wartete ich stumm und unbeweglich, bis das Gänsekind aufs neue zu weinen begann, um es wieder durch freund-

liche Laute zu trösten. Schließlich aber hatte ich genug vom Babysitting, steckte das Gänschen zurück unter den Flügel der brütenden Hausgans und wollte weggehen. Ich hätte es besser wissen müssen: Kaum hatte ich mich wenige Schritte entfernt, ertönte unter der Weißen heraus ein fragendes leises Wispern, auf das die Hausgans programmgemäß mit dem Stimmfühlungslaut ‚Gang-gang-gang' antwortete. Doch anstatt sich daraufhin zu beruhigen, wie dies jedes Gänsekind getan hätte, das nicht den Erfahrungen meiner kleinen Gans ausgesetzt gewesen war, kam dies entschlossen unter dem Bauch ihrer Amme hervorgekrochen, sah mit schiefgestelltem Kopf mit einem Auge zu mir empor und lief laut weinend von ihr weg . . . Mit emporgerecktem Hals und ununterbrochen laut pfeifend stand das arme Kind auf halbem Wege zwischen der Hausgans und mir selbst. Da machte ich eine kleine Bewegung – schon verstummte das Weinen, und das Gänschen lief mit vorgestrecktem Hals, ‚wiwiwiwi' grüßend, auf mich zu . . . So packte ich das Gössel und steckte es zum zweitenmal unter den Bauch der weißen Gans, aber es lief mir sofort wieder nach . . .

Begreiflicherweise rührte es mich in höchstem Maße, wie das arme Kind laut weinend hinter mir herkam, zwar noch stolpernd und sich manchmal überkugelnd, aber mit erstaunlicher Geschwindigkeit und einer Entschlossenheit, deren Bedeutung nicht mißzuverstehen war: Mich, nicht

die weiße Hausgans, betrachtete es als seine Mutter.«
Das Gänsekind erhielt den Namen Martina. Und was Martina da vorgeführt hatte, war nichts anderes als die »Prägung«. Lorenz hatte sie schon an den Dohlen kennengelernt. Doch was Martina zur berühmtesten Gans der Wissenschaftsgeschichte werden ließ, war, daß ihre »Adoptivmutter« Lorenz durch sie begann, über diese Prägung endlich einmal genauer nachzudenken. Besonders interessant war dabei: Was war an Martinas Verhalten angeboren?

Lorenz vermutete rasch, daß es das »Grüßen« der kleinen Gans gleich nach dem Schlüpfen war. Sie vollführte es bereits genau wie eine erwachsene Gans, wobei dieses »Verhaltensmuster« durch die Bewegung und die Stimme des Beobachters »ausgelöst« wurde. Sie waren die sogenannten »Schlüsselreize«. Und was war nun erlernt?

Natürlich die feste Bindung an jenen Gegenstand, der sich als erstes vor Martina bewegte und Geräusche von sich gab. Als erstes, das war wichtig. Denn jeder Prägungsversuch, den Lorenz in den folgenden Monaten und Jahren an den verschiedensten Vogelarten durchführte, zeigte deutlich: Es gibt nur eine bestimmte »kritische« Phase im Leben eines Jungvogels, in der er prägbar ist. Bekamen im Brutschrank geschlüpfte Junggänse zum Beispiel erst zwei Tage nach dem Schlüpfen einen Gegenstand zu sehen, dem sie folgen konnten, dann folgten sie ihr ganzes weiteres Leben lang niemandem mehr.

Andererseits genügten in der kritischen Phase bereits zehn Minuten, um ein Gössel unauslöschlich auf ein Modell zu prägen. Hauptsache, das Modell war größer als das Gössel selbst und bewegte sich. Was für Martina hätte bedeuten können: Hätte Haushund Wolfi als erster vor ihr gewedelt und gebellt, so hätte sie ihn auch als erwachsene Gans noch für ihre Mutter gehalten. Sogar, wenn er ihr mit Vergnügen die Federn ausgerupft hätte . . .

Für die Durchführung dieser verschiedenen Versuche erhielt Konrad Lorenz viele gute Tips von Oskar Heinroth. Zum anderen aber plante der Dreiunddreißigjährige bald zahlreiche Experimente zusammen mit dem fast gleichaltrigen dänischen Verhaltensforscher Nikolaas Tinbergen (1907–1989), den er auf einem Kongreß kennengelernt hatte. Tinbergen verbrachte daraufhin den Sommer des Jahres 1937 mit seiner Familie in Altenberg, woran er sich später gerne erinnerte: »Die gut drei Monate, die wir als Gäste im gastfreundlichen Haus von Konrads Eltern, Herrn und Frau Professor Hofrat Adolf Lorenz, wohnen durften, waren eine höchst erfreuliche, erheiternde und für meine wissenschaftliche Entwicklung entscheidende Zeit . . ., denn Konrad und ich paßten so gut zusammen, daß wir schon bald enge Freundschaft schlossen, die nie zerbrechen sollte.« Nicht nur menschlich paßten die beiden Männer gut zueinander. Auch in ihrer Arbeitsweise ergänzten sie sich hervorragend. Tinbergen war der umsichtige Experimentator, der seine Versuche genau wie sein Freund am liebsten in der natürlichen Umgebung der Tiere durchführte, und Lorenz der geduldige und genaue Beobachter mit den vielen Ideen. Was Tinbergen allerdings mit »erheiternd« meinte, wurde deutlich, als er auf Konrads »Lausbubereien« zu sprechen kam. Da war von freifliegenden Kolkraben die Rede, die das Eßbesteck vom Tisch klauten, vom Gelbhaubenkakadu, der die zum Trocknen aufgehängte Wäsche um sämtliche Knöpfe erleichterte, von der freilaufenden Zibetkatze, die den Gästen in die Waden biß, und vom Kapuzineräffchen, das auf dem Hund »Bully« ritt. Vierundzwanzig Graugänse segelten abends ins Haus und übernachteten auf dem Perserteppich, wobei sie ihrer Verdauung freien Lauf ließen. Und eine zahme Wanderratte nagte aus Bettüchern ihr Nistmaterial heraus.

Ja, Gretl brauchte starke Nerven. Doch manchesmal waren es gerade die Mißgeschicke, die ihrem Mann neue Ein-

blicke in das Verhalten der Tiere ermöglichten. Außerdem schienen Konrads jahrelange Beobachtungen über die angeborenen Verhaltensweisen allmählich Früchte zu tragen, wie seine immer häufigeren Vortragsreisen zeigten. Der Applaus der Kollegen tat gut – und tröstete über die grünen Flecken auf dem Perserteppich hinweg.
Wie lächerlich waren die Schäden im Haus aber erst im Vergleich zu der Ehre, die Konrad Lorenz ein paar Jahre später zuteil wurde! Da erhielt er doch wahrhaftig das Angebot, einen der berühmtesten deutschen Lehrstühle zu besetzen: den Lehrstuhl für vergleichende Psychologie an der Universität Königsberg. Über 150 Jahre war dieser Lehr-

stuhl alt (der natürlich kein echter Stuhl war, sondern die Möglichkeit bezeichnet, als Professor Studenten zu unterrichten). Und gegründet worden war er von niemand Geringerem als von Immanuel Kant (1724–1804), der einer der bedeutendsten Philosophen gewesen war.

Aber – Philosophie? Was hatte der Naturforscher Konrad Lorenz auf diesem Lehrstuhl zu suchen?

Nun, ganz einfach: Philosophie bedeutet im Griechischen »Liebe zur Weisheit«. Und weil die Philosophie nichts anderes als die Weisheit sucht, war sie in früheren Zeiten eine recht umfangreiche Disziplin. Denn egal, ob in der Astronomie, in der Physik oder in der Medizin, alle strebten ja nach neuen Einsichten – auch die Biologen.

So zog Konrad Lorenz im Herbst 1940 mit seinen Graugänsen, Buntbarschen und einer Hündin nach Königsberg. Traurig war er, weil seine inzwischen verstorbene Mutter diesen stolzen Augenblick nicht mehr miterleben konnte. Doch immerhin war der Vater endlich zufrieden. Besonders, als er erfuhr, daß sein Sohn sogar anfing, sich ausführlich mit der Lehre Kants zu beschäftigen.

Aber bevor noch irgend jemand so richtig darauf aufmerksam werden konnte, welche klugen Gedanken der Naturforscher zur Philosophie zu entwickeln begann – da war die Zeit in Königsberg nach dreizehn Monaten auch schon wieder vorbei. Der zweite Weltkrieg wütete, und Lorenz mußte als Arzt Dienst leisten, bis er 1944 nach einem Einsatz an der Front in russische Gefangenschaft geriet.

In einem Lager bei Eriwan warteten auf den Einundvierzigjährigen nun vier harte Jahre. Nur weil sich der Verhaltensforscher nicht scheute, Würmer, Heuschrecken und andere Leckereien zu essen, die normalerweise nicht auf Speisekarten angeboten werden, litt er wenigstens nicht an Mangelkrankheiten. Vor allem aber verlor er nicht seinen Humor. Für seine Mitgefangenen wurde er rasch »zu einem Mittelding zwischen Lehrer, Spaßmacher, Clown und Seelsorger«. Und wenn der Österreicher keine heiteren Vorträge über Tierverhalten hielt oder den Kranken Mut zusprach – dann hypnotisierte er Eidechsen oder beobachtete Vögel. Oder er kritzelte all die philosophischen Gedanken nieder, die ihn seit Königsberg nicht mehr losließen – auf gebügelte Zementsäcke. Die Erlaubnis dazu hatte ihm die Lagerleitung als Gegenleistung für seine Hilfe als Arzt erteilt.

Mit seinen Notizen, einer kleinen, aus Holz geschnitzten Ente und zwei zahmen Vögeln kehrte der Verhaltensforscher im Februar 1948 wohlbehalten nach Altenberg zurück. Glücklich schloß er Gretl in die Arme. Sie hatte während all der Jahre tapfer für die drei Kinder Thomas, Agnes und Dagmar gesorgt. Der Vater hingegen war gestorben; und auch Oskar Heinroth erlebte die Rückkehr nicht mehr.

Vor Konrad Lorenz aber lag mit fünfundvierzig Jahren eine neue Zukunft. Sicher, zunächst warf man ihm noch vor, für die Nazis gewesen zu sein – was die Wahrheit war. Denn Lorenz hatte zu Beginn des Krieges einige Artikel geschrieben, in denen zum Beispiel von »Ausmerzen« und »rassischen Gedanken« die Rede gewesen war. Selbst Nikolaas Tinbergen war es kalt den Rücken hinuntergelaufen, als er dies gelesen hatte. Doch obwohl der Däne im Krieg am eigenen Leib die Schrecken der Nazizeit zu spüren bekommen hatte, vergab er seinem Freund – so, wie viele andere letztlich auch. Weil sie dem Naturforscher glaubten, als er sagte: »Ich habe ... gehofft, daß der Nationalsozialismus etwas Gutes bringen wird ... Daß die Leute ‚Mord' meinten, wenn sie ‚Ausmerzen' oder wenn sie ‚Selektion' sagten, das habe ich damals wirklich nicht geglaubt. So naiv, so blöd, so gutgläubig – nennen Sie es, wie Sie wollen – war ich damals.«

Nachdem sich die Aufregung um Konrad Lorenz gelegt hatte, boten sich ihm im zerstörten Wien wieder Gelegen-

heiten, Vorträge zu halten. Und weil sich der Verhaltensforscher über einige schlechte Tierbücher geärgert hatte, schrieb er überdies sein erstes Buch: »Er redete mit dem Vieh, den Vögeln und den Fischen«.
Es wurde ein Bändchen voller Wärme und Heiterkeit, das in Windeseile die Herzen der Leser eroberte. Niemand konnte dem Humor widerstehen, mit dem der Österreicher seine Tage im glücklichen Altenberg der Vorkriegszeit schilderte und von Tschok, Martina und all den anderen Geschöpfen erzählte, die ihm so viel über ihr Verhalten beigebracht hatten. Lediglich die Hunde kamen kaum in diesen »Tiergeschichten« vor. Denn ihnen ganz alleine galt bereits zwölf Monate später, im Jahre 1950, das zweite Buch von Konrad Lorenz: »So kam der Mensch auf den Hund«, das die Leser erneut begeisterte.
Was machte es da schon aus, daß der Verhaltensforscher in diesem Buch behauptet, daß einige Rassen vom Wolf und andere vom Schakal abstammen! (Ein Schüler von Lorenz fand später heraus, daß lediglich der Wolf der Stammvater der Hunde ist.) Dieser Fehler ist wirklich verschwindend klein, wenn man ihm das Verdienst des Naturforschers entgegenstellt: nämlich unzähligen Menschen, die sonst nicht allzuviel über Tiere nachgedacht hätten, durch seine liebenswerte Art zum ersten Mal ein wenig von der Arbeit eines Verhaltensforschers nähergebracht zu haben.
Doch nicht nur in der breiten Öffentlichkeit, auch innerhalb der Zoologie beachtete man die Ethologie allmählich immer mehr. Ja, in Deutschland wurde sogar Geld für die Gründung eigener Verhaltensforschungsinstitute bereitgestellt. Zunächst ging es dabei nach den Kriegsjahren allerdings noch recht bescheiden zu. Wie zum Beispiel in Buldern (bei Münster in Westfalen), wohin Konrad Lorenz im Jahre 1950 mit seiner Familie zog, um das soeben eingeweihte »Max-Planck-Institut für Verhaltensphysiologie« zu leiten. Gretl fand die alte Mühle, in der sie wohnten,

schlicht unbequem. Nur die Schüler von Lorenz sahen das etwas romantischer: »In den Bulderner Jahren von 1951 bis 1957«, so erzählte ein Mitarbeiter, »lebten wir wie eine Familie. Täglich fanden wir uns zum Kaffee bei Lorenz in der Mühle ein. Frau Lorenz war eine großzügige, unverdrossene Gastgeberin. Bei ihr fühlten wir uns wohl. Wir sonnten uns über Mittag bei den Gänsen und genossen die lebendige Art, in der Lorenz sein Wissen vermittelte. – Im übrigen ließ er uns frei wachsen und unseren Weg suchen. Jeder konnte im Grunde tun, was er wollte.«

Da forschte einer über Truthühner und ein anderer über Fische. Und wieder einer untersuchte das angeborene Verhalten der Eichhörnchen beim Öffnen von Nüssen. Immer neue Schüler kamen hinzu, deren hervorragende Arbeiten Buldern schnell bekannt werden ließen – bis der Eigentümer des Geländes verstarb und der Erbe das Anwesen zur Jagd verpachten wollte. Er drohte, die institutseigenen Gänse zu erschießen.

So suchte man ein friedvolleres Stück Land und fand es schließlich an dem kleinen Ess-See in Oberbayern. Das wunderschöne Gelände wurde »Seewiesen« getauft. Unter der Leitung von Konrad Lorenz entwickelte sich hier eines der angesehensten Institute auf der ganzen Welt.

Noch immer kümmerte sich der Verhaltensforscher um alle Versuche seiner Mitarbeiter. Oder er saß mit einigen Schülern vor dem Aquarium und erklärte ihnen dieses oder jenes Verhalten eines Fisches. Meist waren es kaum auffällige Bewegungsweisen wie die Stellung einer Flosse. So lehrte er, daß Ethologie zu einem guten Teil daraus besteht, genau hinzusehen.

Aber auf der anderen Seite verwirrte Lorenz vor allem seine jüngeren Schüler immer häufiger dadurch, daß er mit ihnen über Philosophie sprach. Dabei waren sie doch eigentlich in Scharen zu ihm geströmt, um den Mann kennenzulernen, der sie durch seine »Tiergeschichten« begeistert hatte. Und nun? Nun hockten sie vor Lorenz draußen im Moor, umgeben von Graugänsen – so, wie sie sich das vorgestellt hatten –, und mußten versuchen, seinen seltsamen geistigen Höhenflügen zu folgen! Weit über die Zoologie ging es dabei hinaus. Und fast immer landete der Ethologe beim Menschen.

Denn das Verhalten der Menschen – das war es, was Konrad Lorenz mittlerweile am meisten interessierte. Er schrieb sogar einige neue Bücher darüber. Zum Beispiel »Das sogenannte Böse«, das 1963 erschien und in dem er das angeborene aggressive Verhalten der Tiere mit dem der Menschen verglich. Doch wenn es für dieses Werk auch einiges Lob gab, so erging es vielen Lesern wie manchem Seewiesener Mitarbeiter – sie verstanden das alles nicht. Und andere, die dem Inhalt folgen konnten, legten die Bücher beleidigt oder verärgert zur Seite. »Meine Güte«, schimpften sie, »dieser Österreicher behauptet glatt, daß unser Verhalten in seinen Wurzeln auf die Tierwelt zurückgeht!« Und mit was für Tieren er die Menschen verglich! Mit Buntbarschen zum Beispiel – und Graugänsen!

Ja, es schien ganz so, als ob die meisten Leser tatsächlich keine Ahnung mehr von den Büchern des alten Darwin hatten, in denen dieser schon einmal das beschrieben hatte, was man nun – neunzig Jahre später! – Lorenz einfach wieder nicht glauben wollte: daß die menschlichen Verhaltensweisen im Grunde nichts anderes sind als die Weiterentwicklung tierischer Instinkte. Und daß deshalb fast alle an den höheren Wirbeltieren ermittelten Verhaltensgesetze auch auf den Menschen angewendet werden können.

Wobei Lorenz beileibe nicht so dumm war zu übersehen, daß der Mensch sein Verhalten im Gegensatz zu fast allen Tieren steuern kann. Denn der Mensch kann denken – in gewissen Bahnen.

Nein, Konrad Lorenz wollte den Menschen nicht zur Graugans machen, wie ihm viele vorwarfen. Deshalb war

er gar nicht glücklich, als die Journalisten begannen, ihn in ihren Berichten als »Vater der Graugänse« zu bezeichnen. Dieser Spitzname verdeckte ja nur noch mehr den Blick auf das, worum es dem Verhaltensforscher inzwischen ging: daß der Mensch endlich verstehen muß, wie sehr er ein Teil der Natur ist. Denn »mit der Erkenntnis, daß wir voll und ganz von dieser Welt sind, kommt auch die Erkenntnis, daß uns die volle Verantwortung für sie aufgetragen ist«, meinte Lorenz.

Aber wie gedankenlos wurde mit dieser Natur umgegangen! Ganz so, als könnte sich der Mensch die Umwelt zurechtbiegen, wie er sie haben will. Dabei war es umgekehrt – das Leben hatte sich über Milliarden Jahre hinweg der Umwelt angepaßt und war von ihr abhängig!

Und genau dieses Wissen um das Leben war es, das Konrad Lorenz immer mehr zum sorgenvollen Mahner werden ließ. Plötzlich war in seinem neuesten Buch: »Die acht Todsünden der zivilisierten Menschheit« kein Platz mehr für humorvolles Geschichtenerzählen. Bitterernst rechnete der Verhaltensforscher den Menschen ihre Sünden gegen die Natur vor. Von der Überbevölkerung über die Verwüstung des Lebensraumes und den Konsumzwang bis hin zu den Kernwaffen.

Natürlich hagelte es auch für diese moralische Gardinenpredigt wieder viel Kritik. Doch selbst jene, denen die Aussagen des Buches im Grunde gefielen, stöhnten auf. Was für eine harte Sprache Lorenz diesmal gewählt hatte! Da verglich er Kriminelle mit »Krebsgeschwüren« oder sprach von »Parasiten der Gesellschaft«. Viele fühlten sich an nationalsozialistisches Gedankengut erinnert. Aber egal, worüber sich die Leser aufregten – der Naturforscher hatte ein weiteres Mal erreicht, daß man über seine Gedanken zu diskutieren begann.

Die »Acht Todsünden« erschienen 1973, einige Monate, bevor Konrad Lorenz seinen siebzigsten Geburtstag feierte. Der Verhaltensforscher verließ Seewiesen und zog mit Gretl zurück ins geliebte Altenberg, das er so viele Jahre lang nur im Sommer hatte besuchen können. Nun war es zu guter Letzt Zeit, Krimis zu lesen, mit der Modelleisenbahn zu spielen – oder den Nobelpreis des Jahres 1973 für Medizin und Physiologie entgegenzunehmen! »Wenn das mein Vater noch erlebt hätte!» soll Lorenz geseufzt haben, als er von der bevorstehenden Auszeichnung erfuhr. Und tatsächlich wäre Adolf Lorenz wohl sehr erstaunt gewesen, daß sein Sohn für Beobachtungen an Dohlen, Fischen und Graugänsen die höchste aller wissenschaftlichen Ehren zuteil wurde – zusammen mit Karl von Frisch und Niko Tinbergen, worüber sich Lorenz am meisten freute.

Von dem Preisgeld ließ der Siebzigjährige in Altenberg ein 32.000 Liter großes Seewasseraquarium errichten. Wenn er nicht gerade selbst darin herumtauchte, konnte der Besitzer

Bis ins hohe Alter hinein genoß es der Verhaltensforscher, »als Gans unter Gänsen zu leben ...«

von neun Ehrendoktorhüten stundenlang davor sitzen und sich an der »berauschenden Schönheit« der Korallenfische erfreuen. Oft tätschelte er dabei die Köpfe der vier bis sieben Hunde, die jeden begrüßten, der das Haus betrat. Zahme Dohlen gab es in Altenberg dagegen nicht mehr. Und selbst die Seewiesener Gänse lebten inzwischen im 240 Kilometer entfernten Grünau in Oberösterreich – auf einem herrlichen Gelände, das es bis heute ermöglicht, die Tiere in freier Natur zu beobachten.

Lorenz besuchte die Gänse häufig und stand den Forschern nach wie vor mit Rat und Tat zur Seite. Auch wissenschaftliche Abhandlungen schrieb er noch immer.

Ja, und dann, im Jahr 1979, mit sechsundsiebzig Jahren, schwang sich der Naturforscher noch einmal zu etwas auf, das ihn endgültig in aller Munde brachte: Er wurde aktiver Umweltschützer. Es war der Bau eines Atomkraftwerkes in Niederösterreich, der Lorenz auf die Barrikaden trieb. Wieder und wieder gab er Interviews für Zeitschriften, Radio und Fernsehen. Versuchte unermüdlich dagegen anzukämpfen, daß die meisten Politiker Umweltschützer einfach für Spinner hielten, die irgendwelchen Schmetterlingen nachtrauerten oder jammerten, wenn ein Teich zugeschüttet wurde. Denn es ging ihnen ja um so viel mehr: Es ging darum, Millionen Menschen verständlich zu machen, wie sehr sie ihre Umwelt schützen müssen, wenn sie selbst überleben wollen.

Die flammenden Reden des Naturforschers hatten Erfolg. Der »Umweltpapst«, wie ihn die Journalisten nun zu seinem erneuten Ärger tauften, konnte den Bau des Kraftwerkes abwenden. Und fünf Jahre später gelang es dem alten Herrn sogar noch einmal, zusammen mit vielen Kollegen, Biologiestudenten und anderen Umweltschützern, den Bau eines Kraftwerkes zu blockieren. Der letzte große Auwald Mitteleuropas war gerettet –wenigstens vorläufig.

Die »Konrad-Lorenz-Gesellschaft für Umwelt- und Verhaltenskunde« wurde 1980 gegründet. Sie hat ihren Sitz in Göttingen. Ihr Ziel ist es, das Lebenswerk ihres Namengebers zu pflegen.

Die Zerstörung der Donaulandschaft direkt vor seinem Elternhaus konnte Konrad Lorenz dagegen nicht verhindern. Als ob im Leben des greisen Österreichers inzwischen nicht genug Trauriges vorgefallen wäre! Sohn Thomas war gestorben, ein Enkel beging Selbstmord. Vor allem aber litt Gretl lange Zeit an einer schweren Krankheit, bevor sie 1986 für immer die Augen schloß.

Die letzten beiden Jahre verbrachte der einst vor Energie sprühende Verhaltensforscher mehr oder weniger im Rollstuhl. Auch hören konnte er nicht mehr so gut. Doch sein Geist blieb rege. Mit Hilfe zweier Mitarbeiter aus Grünau war es Lorenz noch vergönnt, im Jahre 1988 eine liebenswerte Rückschau auf seine jahrzehntelange Graugansforschung fertigzustellen. »Hier bin ich – wo bist du?« nannte sie der Vierundachtzigjährige und widmete sie dem »Andenken Oskar Heinroths«.

Nur das geplante größere Werk über Fische blieb unvollendet, denn der Tod war schneller. Konrad Lorenz, der schon zu Lebzeiten zur Legende geworden war, starb am 27. Februar 1989. Er verließ diese Welt in der Hoffnung, daß die Jugend mit ihr vernünftiger umgehen wird, als es bisher geschehen ist.

Wieviel Kritik Konrad Lorenz als Verhaltensforscher ausgesetzt war! Doch wenn ihn dies sicher oft geärgert haben mag – es waren letztlich gerade die Einwände seiner Gegner, die ihn und all seine gleichgesinnten Kollegen dazu zwangen, bei ihren Forschungen immer sorgfältiger vorzugehen. Wären zum Beispiel die Behavioristen nicht gewesen, wer weiß, vielleicht wären die Ethologen dann lange Zeit gar nicht so tief in die Instinktlehre hinabgetaucht. So aber wollte man unbedingt beweisen, daß es ererbte Verhaltensmuster gibt, und dachte sich immer neue Versuche aus; so unwiderlegbar, wie es nur irgendwie ging.
Und nicht nur die Experimente, auch die Bezeichnungen, die die Verhaltensforscher bei der Beschreibung ihrer Beobachtungen verwendeten, wurden mit den Jahren immer exakter. Jeder sah ein, daß es nicht so weitergehen konnte wie in den Geburtsjahren der Ethologie, als fast jeder Naturforscher seinen eigenen Wortschatz pflegte. Wollte man sich auf Dauer verstehen, mußte man sich auf einheitliche Begriffe einigen. Was genau meinte man mit »Reifung« oder »Erfahrung«?
Ja, all dies mußte geklärt werden, all dies forderte, gründlich über das, was wir Verhalten nennen, nachzudenken. Mancher Fehler war einzugestehen, alte Theorien waren zu verbessern und neue aufzustellen. Die Ethologie wurde zu einer ernsten Wissenschaft.
Auch manches, was Konrad Lorenz veröffentlicht hatte, fiel diesem neuen »Ernst« zum Opfer. Vor allem warf man ihm gegen Ende seiner Karriere immer häufiger vor, eine Ethologie ohne Formeln und Zahlen betrieben zu haben. Denn seine Beobachtungen in starre Statistiken zu verpacken, das hatte Konrad Lorenz nie gelegen. Er überließ es bereitwillig – und oft verständnislos – seinen jüngeren Mitarbeitern und Schülern, die auf diese Weise auch manchen Fehler ihres einstigen Lehrers aufdeckten. Besonders in Seewiesen, wo nach Konrad Lorenz' Weggang im Jahre

1973 das Computer-Zeitalter hereinbrach. Nun bedienten sich auch die Ethologen im Kampf um immer mehr Anerkennung modernster Mittel.

Und zu kämpfen gibt es nach wie vor mehr als genug. Behavioristen gibt es noch immer, und selbst die Gedanken des alten Darwin werden heute noch nicht überall gerne gehört.

Es gilt also, weiterzuforschen, Beweise und Fakten zu sammeln, die die Gegner der Ethologie endlich dazu zwingen, auf ihren Stammbaum zu blicken – damit sie erkennen, daß Verhalten nicht »vom Himmel fällt«.

Genau wie Konrad Lorenz treten viele Verhaltensforscher diesen Kampf inzwischen mit dem Ziel an, die Natur zu retten. Denn Ethologen sind heute meist auch Ökologen. Das heißt, sie untersuchen den Einfluß der Umweltbedingungen auf das Verhalten der Lebewesen.

Da werden Wale mit Sonden ausgestattet, um ihre Wanderrouten zu erforschen und zu beobachten, ob der Lärm der Ölbohrungen in den arktischen Gebieten die Tiere zwingt, ihre jahrtausendealten Strecken zu verlassen – und welche Folgen dies für das Leben der Wale hat. Da werden die alljährlichen Rastplätze unserer Zugvögel auf ihrer Reise zu den Winterzielen ausgekundschaftet, um diese Landschaften erhalten zu können.

Unzähliges wird unternommen. Immer in dem (verzweifelten!) Wissen, daß es keine Zaubertricks gibt, mit denen verwüstete Lebensräume wieder in blühende Natur zurückverwandelt werden können. Jede ausgerottete Tier- und Pflanzenart ist auf Nimmerwiedersehen verschwunden. Maria Sibylla Merian würde nach den meisten Raupen, die sie vor dreihundert Jahren in Europa sammelte, schon lange vergebens suchen. (Davon abgesehen, daß in Deutschland Schmetterlinge zum Glück nicht mehr gefangen werden dürfen.) Ihr natürlicher Lebensraum ist zerstört. Aber auch den Regenwald, der so vielen Tierarten Schutz

bietet und der für unser Weltklima so wichtig ist, würde Maria Sibylla Merian nicht wieder-erkennen. Alle eineinhalb Sekunden wird von ihm eine Fläche in Fußballplatz-größe abgeholzt!
Ja, die Aufgaben der Verhaltens-forschung haben sich in den letzten dreißig Jahren zum Teil gewaltig geändert.
Doch ob es nun um »Evolution« oder »Ökologie« oder auch um die möglichst »artgerechte Haltung« von Tieren in Gefangenschaft geht – die Methode der Ethologen ist dieselbe geblieben. Es ist das geduldige und unvorein-genommene Beobachten der Tiere, das zählt.
So, wie es Forscher wie von Frisch, Tinbergen oder Konrad Lorenz zur Meisterschaft entwickelten.
Oder so, wie es seit über dreißig Jahren in Afrika, am Ostufer des Tanganjikasees betrieben wird.
Von einer mutigen Frau, die jede Bequemlichkeit hinter sich ließ, um unsere »nächsten Verwandten« zu erforschen – der Engländerin Jane Goodall.

Dieses Poster gewann den
»Deutschen Plakat Grand Prix 1993«
der Landeszentrale für Umweltaufklärung,
Rheinland-Pfalz.

AFFEN WIE DU UND ICH?

Jane Goodall
(geboren 1934 in London)
Ein Leben mit Schimpansen

Ihre Mutter wollte gerade die Polizei anrufen. Da endlich kam die fünfjährige Jane um die Ecke gebogen, ohne zu ahnen, welchen Wirbel ihr stundenlanges Fernbleiben ausgelöst hatte. Stocksteif war sie in den Knien vom langen Hocken im muffigen Hühnerstall – aber voller Begeisterung, weil es ihr gelungen war, einer Henne beim Eierlegen zuzusehen. Zum Glück schimpfte die Mutter nicht. Und überhaupt wuchs Jane Goodall – nun um ihre »erste gründliche Beobachtung tierischen Verhaltens« reicher – noch eine Weile sehr zufrieden in der hübschen alten Villa ihres Vaters weit draußen auf dem Lande auf. Bis der zweite Weltkrieg ausbrach. Da ging der Vater zur Armee, und die Mutter zog mit ihren beiden kleinen Töchtern zurück zu ihren Eltern nach Bournemouth an der englischen Küste.
An Bücher kam Jane hier in der Stadt nun leichter heran als an lebende Tiere. Wieder und wieder las sie zum Beispiel die Geschichte von »Doctor Doolittle« und schmökerte sich durch das »Dschungelbuch« und »Tarzan«. Oder sie verschlang Erzählungen über Wölfe und Bären in Nordamerika, über Riesenschlangen und Faultiere in Südamerika und über Orang-Utans und Elefanten in Asien. Und Janes Sehnsucht wuchs, all diese Tiere einmal in freier Wildbahn erleben zu dürfen.
Um die Zeit bis dahin nicht ungenutzt verstreichen zu lassen, gründete das unternehmungslustige Mädchen zunächst einmal einen »Naturklub« – mit vier Mitgliedern.

Wobei Jane als »roter Admiral« natürlich die Anführerin dieses »Alligatorenklubs« war. Vom Lager im Garten aus unternahm man nun gemeinsam Naturexpeditionen und schrieb auf, was beobachtet wurde. Jedenfalls machte Jane das. Und auch die »Rennschnecken« des Klubs bereiteten den vier Mädchen viel Vergnügen, wenn sie wetteten, welches der Tiere mit den schmucken Nummern auf den Häuschen als erste die zwei Meter lange Rennstrecke überwunden haben würde. Die Glanzleistung aber war die »Ausstellung« aus gepreßten Blumen und sorgfältig mit kleinen Schildchen gekennzeichneten Schneckenhäusern. Denn da die schönste Sammlung ohne Bewunderer nur halb so schön ist, lud der Alligatorenklub Passanten von der Straße ein, das »Museum« zu besichtigen. »Danach baten wir sie, einen Beitrag für die Gesellschaft zur Rettung alter Pferde zu spenden.«

Überhaupt Pferde! Unzählige Stunden verbrachte Jane im nahe gelegenen Reitstall. Es sei denn, sie spielte mit »Rusty«, dem Hund aus einem Hotel um die Ecke. Aber dort fraß und schlief Rusty eigentlich nur. Den Rest seiner Tage lernte er von Jane kleine Kunststückchen. Und auch das junge Mädchen erfuhr im Laufe der Jahre durch Rustys pfiffige Art viel über tierisches Verhalten.

Ja, am liebsten wäre Jane immerzu durch die Natur spaziert, den treuen Gefährten zur Seite. Doch ehe es die sehr gute Schülerin so recht begriff, war für sie die Schulzeit mit achtzehn Jahren endgültig vorbei. Was sollte sie nun werden? Ihr ganzes Interesse galt den Tieren. Konnte sie damit ihren Lebensunterhalt verdienen? Ohne Studium, für das im Hause Goodall nicht genug Geld vorhanden war? Wohl kaum, beriet sich die Familie. So zog Jane nach London, um einen Sekretärinnenkurs zu besuchen. Bürokräfte werden überall benötigt, meinte die Mutter. Womit sie recht behielt. Denn egal, ob Kinderklinik, Universitätsverwaltung oder Filmstudio – überall bekam Jane rasch eine Anstellung. Aber: »... obwohl ich meinen Job toll fand, war mir klar, daß ich damit nur die Zeit überbrückte. Immer wartete ich auf einen glücklichen Zufall, immer noch wollte ich nach Afrika.«

Und Jane Goodall wartete nicht vergeblich. »Aus heiterem Himmel« erhielt sie einen Brief ihrer früheren Schulfreundin Clo und wurde eingeladen, zu ihr nach Kenia zu reisen, wo ihre Eltern vor kurzem eine Farm erworben hatten. Kenia, Afrika!

Vier Monate jobbte Jane nun als Kellnerin, ehe der unter dem Teppich im Wohnzimmer angesparte Lohn und das Trinkgeld für ein Ticket reichten. Drei aufregende Wochen verbrachte die dreiundzwanzigjährige Engländerin bald darauf bei ihrer Freundin. Dann zog sie in Kenias Hauptstadt Nairobi, um bei einer großen englischen Firma Geld zu verdienen. Und sie begann zugleich, nach einer Möglichkeit Ausschau zu halten, endlich mit Tieren zu arbeiten. Schließlich erhielt Jane Goodall den Tip, einfach einmal Louis Leakey aufzusuchen. Leakey, den Anthropologen und Paläontologen. Aber – was sollte die junge Frau bei einem Wissenschaftler, der sich mit Fossilien beschäftigte? Sie wollte ja mit lebenden Tieren arbeiten. Doch froh über jeden Hinweis verabredete sich Jane mit Leakey. Staunend betrat sie sein großes Büro, das mit Papieren, fossilen Knochen, Zähnen, Steinwerkzeugen und allen möglichen Sachen übersät war – und erhielt sofort einen Job. Seine Sekretärin hatte gerade gekündigt.

Erst recht aber war Leakey begeistert, als er merkte, wieviel seine neue Mitarbeiterin über die Tiere Afrikas wußte. Schon bald durfte Jane ihren Chef und dessen Frau auf einer Expedition begleiten: Sie fuhren zur Oldowayschlucht in Tansania. Diese Gegend »ist heute berühmt, aber 1957 kannten nur wenige Weiße diesen Ort. Es gab keine Straße dorthin – nicht einmal einen richtigen Pfad ... Die Leakeys waren jeden Sommer drei oder vier Monate in diesem Gebiet gewesen und hatten nach Fossilien gesucht. Sie hatten schon viel über die vorgeschichtlichen Lebewesen erforscht, die die Serengeti in vergangenen Zeiten bevölkert hatten. Sie wußten, daß dort affenähnliche Menschen gelebt hatten. Sie hatten viele der einfachen Steinwerkzeuge ausgegraben, aber noch keinen einzigen Knochen von ihnen gefunden.« (Diese Sensation sollte den Leakeys erst zwei Jahre später gelingen, als sie den Schädel eines affenähnlichen Wesens entdeckten. Es wurde unter dem Namen »Dear Boy« oder »George« bekannt. Von dieser Zeit an war es mit der Ruhe in Oldoway vorbei ...)

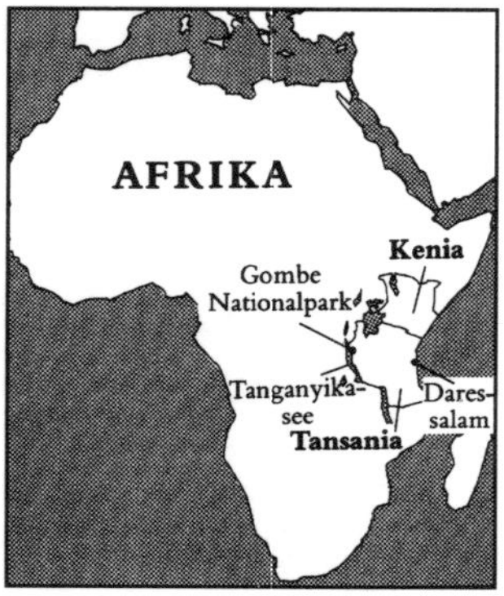

Obwohl es harte Arbeit war, in der flirrenden Hitze nach Fossilien zu graben, kehrte Jane Goodall nach drei Monaten nur ungern aus der Wildnis nach Nairobi zurück. Doch dort, im Büro, umgeben von all den Funden, sprach Louis Leakey nun immer häufiger von einigen Schimpansen, die am Ostufer des Tanganjikasees in Tansania lebten. Es schien dem Forscher sehr wichtig zu sein, etwas über ihre Lebensweise zu erfahren. Denn vielleicht, so meinte Leakey, war ein Verhalten, das Menschen und Schimpansen von heute gemeinsam haben, auch bei unseren gemeinsamen Ururahnen vorhanden gewesen – und damit auch beim frühen Menschen. So könnte das Wissen über den Alltag dieser Menschenaffen ein wenig helfen, Licht in das Dunkel über unsere Vorfahren in der Steinzeit zu bringen. (Mit dieser Vermutung war Louis Leakey den meisten seiner Kollegen weit voraus. Keiner wußte ja zum damaligen Zeitpunkt, daß sich unsere menschliche Erbmasse, die sogenannte DNS, von der DNS der Schimpansen nur in etwas mehr als einem Prozent unterscheidet. Oder andersherum: Fast 99 Prozent unserer menschlichen Erbinformationen sind mit der Erbinformation der Schimpansen identisch.) Mehr als einmal betonte der Afrikakenner Leakey allerdings auch, es sei außergewöhnlich langwierig und

gefährlich, freilebende Schimpansen zu beobachten.
Jane Goodall hörte diese Warnung nur mit halbem Ohr. Viel zu sehr fühlte sich die junge Frau ihren Kindheitsträumen so nah wie nie zuvor: freie, wilde Tiere zu beobachten und durch Geduld ihren Geheimnissen auf die Spur zu kommen. Mit ihnen zu leben wie Doctor Doolittle. Völlig furchtlos, wie Tarzan.
Und so kam es, daß Jane Goodall ihrem Chef eines Tages gestand, wie wahnsinnig gerne sie ausprobieren würde, das Leben der Schimpansen zu erforschen.
»‚Ich habe darauf gewartet, daß du mir das sagst', antwortete er, und seine Augen blitzten vergnügt. ‚Was glaubst du, warum ich dir von diesen Schimpansen erzählt habe?' Er sagte, es sei unwichtig, daß ich keine Erfahrung und keinen akademischen Grad hatte.«
Den solle Jane einfach später erwerben, schlug Leakey vor – nachdem es ihr gelungen sei, die Schimpansen zu beobachten. Zunächst müsse sowieso erst einmal versucht werden, bei verschiedenen Forschungsstellen und öffentlichen Einrichtungen das nötige Geld für die ganze Unternehmung zu beschaffen. Zeit genug also für Jane, schon soviel wie möglich über Schimpansen zu lernen.
Manche Stunde verbrachte Jane Goodall nun im folgenden Jahr damit, Schimpansen in Zoos zu beobachten oder die Ergebnisse früherer Laborversuche mit diesen Tieren zu lesen. Auch gab es ein paar Berichte über Schimpansen, die von Menschen bei sich zu Hause gehalten worden waren. Aber am meisten überraschte es die junge Engländerin, daß bisher tatsächlich nur ein einziger Mann, Henry Nissen, versucht hatte, diese intelligenten Tiere in ihrer natürlichen Umgebung zu beobachten. Zweieinhalb Monate lang. Und ohne großen Erfolg.
Endlich erfuhr Jane Goodall von Leakey, daß es gelungen war, genug Geld aufzutreiben, um ein kleines Boot, eine

einfache Campingausrüstung, Ferngläser, jede Menge Notizbücher, graubraune Kleidung und die ersten sechs Monate im Busch bezahlen zu können. Selbst die Aufenthaltsgenehmigung der Behörden des Gebietes, in dem die angehende Forscherin arbeiten wollte, lag vor. Lediglich in einem Punkt waren die Regierungsbeamten unerbittlich gewesen: es sei für eine junge englische Miss ohne europäische Begleitung nicht sicher genug, in der afrikanischen Wildnis zu leben. Jane mußte eine Begleitperson mitnehmen. Sie wählte ihre Mutter.

Schließlich war es soweit: Drei Tage lang schaukelte ein völlig überladener Landrover die beiden Frauen von Nairobi 1.200 Kilometer südwestlich bis Kigoma. Und wenn in dieser kleinen Stadt am Tanganjikasee, nur achtzehn Kilometer von dem Schimpansengebiet entfernt, die Reise auch plötzlich zu Ende schien, weil unter den Afrikanern auf der anderen Seite des Sees ein Aufstand tobte, so hatte die junge Engländerin doch Glück. Die Lage entspannte sich rasch, und am 16. Juli 1960 verließ das Motorboot der Regierung mit Jane, ihrer Mutter und dem in Kigoma angeheuerten Koch Dominik an Bord den Hafen in Richtung Norden. Am Ostufer des Sees ging es entlang, vorbei an kleinen Fischerdörfern, die sich an steile Berghänge drängten. Bis es nach drei Stunden Fahrt soweit war: Jane Goodall betrat zum erstenmal »den Kies- und Sandstrand von Schimpansenland – das heißt: vom Gombe-Nationalpark. Ich war sechsundzwanzig Jahre alt.«

Die beiden afrikanischen Wildhüter, die für den Schutz der Reservate zuständig waren, beäugten Jane und Vanne Goodall zum Empfang genauso mißtrauisch wie die wenigen Schwarzen, denen erlaubt war, im Park zu leben. Keiner wollte so recht glauben, daß die junge Frau die lange Reise bis zu ihnen nur unternommen hatte, um Affen anzugucken. War sie nicht vielleicht eher ein Spitzel der weißen Regierung? Sollte sie nachsehen, ob die Schimpansen in-

nerhalb des vierzig Quadratkilometer großen Gebietes wirklich in Ruhe gelassen wurden? Denn eigentlich sahen die Bewohner dieser Gegend damals gar nicht ein, warum die Affen so viel Platz brauchten, und hofften noch immer, daß sie das Reservat irgendwann wieder zurückbekommen würden.
Doch selbst der weiße Wildaufseher aus Kigoma, dem Gombe unterstand, schien wenig Sinn für Jane Goodalls Vorhaben zu besitzen, bei den Schimpansen leben zu wollen. Nur in unmittelbarer Nähe des Camps sollte sie sich alleine bewegen dürfen. Wollte die junge Dame in die Berge, mußte sie mindestens einen seiner beiden Mitarbeiter mitnehmen. Und so waren denn auch die Wildhüter Adolf und Rashidi bei Jane Goodall, als ihr nach einer langen Woche mühevoller Kletterei endlich zum erstenmal eine größere Gruppe Schimpansen begegnete.

Janes Mutter Vanne richtete in den vier Monaten, die sie in Gombe war, eine kleine »Klinik« ein.

»Plötzlich erstarrte ich vor Erregung; denn unten im Tal hörte ich die Rufe einer Gruppe von Schimpansen. Natürlich hatte ich Schimpansen im Zoo gehört, aber hier draußen, im afrikanischen Urwald, war der Klang ihrer Stimmen unbeschreiblich aufregend. Zuerst ließ einer der Schimpansen seine tiefen, widerhallenden ‚pant-hoots' vernehmen, laute, tutende Rufe, auf die jeweils ein hörbares Einsaugen der Luft folgt.
Diese Rufe wurden lauter und lauter, bis sie schließlich beinahe zu einem Kreischen wurden. Nachdem die ersten Rufe verhallt waren, fiel ein zweites Tier ein, ein drittes. In dem Bericht von Nissen hatte ich von Schimpansen gele-

Schimpansen bauen sich Schlafnester. Sie ruhen genau wie wir Menschen nachts, was ihre Beobachtung wenigstens in dieser Hinsicht sehr erleichtert.

sen, die auf Baumstämme trommeln: Jetzt hörte ich mit meinen eigenen Ohren das seltsame, hallende Geräusch, dessen Echo das ganze Tal erfüllte und in das sich der wilde Chor der pant-hoots mischte. Die Gruppe befand sich ganz dicht bei dem Msulula-Baum (Anmerkung: ein afrikanischer Baum, der rote Früchte trägt), und ich saß, alle Sinne angespannt, wartend da, den Blick starr auf den gegenüberliegenden Wald gerichtet. Trotzdem war es Rashidi, der die erste Bewegung sah: Ein Schimpanse kletterte auf einen Palmenstamm und von dort in die Zweige des riesigen Baumes. Ein zweiter folgte ihm, dann ein dritter, ein vierter – alle in geordneter Reihe. Ich zählte insgesamt sechzehn Tiere; einige davon waren groß, einige viel kleiner. Auch eine Schimpansenmutter war darunter, deren winziges Baby sich an ihrem Bauch festklammerte. Bei aller Erregung war ich dennoch zugleich ein wenig enttäuscht; denn obwohl die Schimpansen zwei Stunden lang in dem Baum blieben, sah ich nicht viel mehr als dann und wann einen schwarzen Arm, der aus dem Blattwerk herauslangte und mit einer Handvoll Früchten wieder verschwand. Schließlich kletterten die Tiere eines nach dem anderen lautlos die Palmenleiter, über die sie vorher hinaufgelangt waren, wieder hinunter und verschwanden im Wald.

Das war es, was mich am meisten erstaunte: sechzehn Schimpansen in einem Baum, und die einzigen Geräusche, die ich gehört hatte, waren die Rufe gewesen, die ihre Ankunft verkündeten.«

Es war also ein stilles Volk, das Jane Goodall sich vorgenommen hatte zu beobachten! – Und ein überaus scheues dazu. Denn die Schimpansen flohen in der nächsten Zeit jedesmal in Windeseile, sobald sie die kleine Menschengruppe erspähten. Oder sie ließen sich tagelang überhaupt nicht blicken.

Fast drei Monate vergingen auf diese Weise. Kein Fortschritt war in Sicht, außer daß sich Jane Goodalls Haut an die scharfen Grasarten der Täler und die unangenehmen Stiche der Tsetsefliege gewöhnte. Wenigstens durfte die junge Frau auch ohne ihre Mutter in Gombe bleiben, die nach einem Vierteljahr wieder nach England zurückkehren wollte. Alles andere aber war zum Verzweifeln. Besonders wenn man bedachte, wie schnell die von Leakey beschafften Geldmittel zu Ende gehen würden!

Mehrmals bat Jane Goodall den Aufseher daher, sie endlich alleine in die Wälder ziehen zu lassen, um auf ihre Weise mit den Schimpansen in Kontakt zu kommen. Sie schlug ihm vor, immer Bescheid zu sagen, in welche Richtung sie gehen würde – bis er schließlich nachgab. Von da an ließ Jane jeden Morgen in aller Frühe den Wecker klingeln, nahm eine Kleinigkeit zu sich und zog los ...

Ja, und genauso beginnen die Tage der Forscherin auch heute noch, wenn sie im Gombe-Nationalpark ist. Denn aus den geplanten sechs Monaten bei den Schimpansen sind – vor allem dank Jane Goodalls Geschick, immer wieder neue Geldgeber zu finden – mittlerweile über dreißig Jahre geworden. Und aus dem kleinen Camp am Strand entwickelte sich rasch ein heute weltweit anerkanntes Forschungszentrum: das »Gombe Stream Research Center« mit Jane Goodall als Direktorin.

Es waren drei turbulente Jahrzehnte, durchzogen von kleinen und großen Ereignissen, angefüllt mit Augenblicken voller Glück und Zeiten tiefer Trauer. Aber begleiten wir Jane Goodall doch einfach noch einmal in den Urwald.

Einen ganzen Tag lang. Und lassen wir dabei wenigstens einige der bewegendsten Geschehnisse der Vergangenheit vorüberziehen. So, wie es die Naturforscherin zu Beginn ihres wundervollen Buches »Ein Herz für Schimpansen – Meine 30 Jahre am Gombe-Strom« selbst tat:
»Ich wälzte mich herum und sah auf die Uhr – es war 5.44 Uhr... Wenig später saß ich auf den Stufen meines Hauses mit Blick über den Tanganjikasee. Ich hatte mein Frühstück – eine Banane und eine Tasse Kaffee aus der Thermoskanne – rasch verzehrt. Zehn Minuten später kletterte ich den steilen Hang hinter dem Haus hinauf, in den Taschen Miniferngläs, Kamera, Notizbuch und Bleistiftstummel sowie eine Handvoll Rosinen zum Lunch und Plastiktüten, damit ich im Falle eines Regens alles verstauen konnte. Das schwache Licht des Mondes erhellte das betaute Gras, so daß ich meinen Weg ohne Schwierigkeiten finden konnte. Bald erreichte ich die Stelle, wo ich am Abend vorher achtzehn Schimpansen hatte zur Ruhe gehen sehen. Ich setzte mich und wartete darauf, daß sie aufwachten . . . Fünf Minuten später kam von oben Blätterrascheln . . . Es war die Stelle, an der Goblin, ranghöchstes Männchen der Gesellschaft, sein Schlafnest errichtet hatte . . . Die Gruppe begann zu erwachen. Ich spähte durch mein Glas in den Baum, in dem Fifi für sich und ihre kleine Flossi ein Nest gemacht hatte, und sah die Umrisse eines Fußes. Einen Augenblick später kletterte Fanni, Fifis achtjährige Tochter, aus ihrem Nest in der Nähe und ließ sich etwas oberhalb ihrer Mutter nieder . . .
Neun Minuten nach seinen ersten Bewegungen richtete sich Goblin plötzlich auf, verließ fast sofort sein Schlafnest und begann, wild durch den Baum zu turnen und heftig Zweige zu schütteln. Ein Höllenspektakel brach los. Die Schimpansen, die Goblin am nächsten waren, sprangen aus ihren Schlafnestern und stürzten fort, ihm aus dem Weg. Einige Augenblicke später war die Imponierveranstaltung

im Baum vorüber. Goblin sprang hinunter und stürmte an mir vorbei; er schlug und stampfte auf den feuchten Boden, richtete sich auf und schüttelte das Gesträuch, hob einen Felsbrocken auf und schleuderte ihn fort, dann ein altes Stück Holz und noch einen Felsbrocken.

Endlich setzte er sich, mit gesträubtem Fell, keine fünf Meter entfernt nieder. Er atmete schwer. Mir selbst schlug das Herz bis zum Hals.

Als er herunterkam, war ich aufgestanden, hatte mich an einen Baum geklammert und ein Stoßgebet zum Himmel geschickt, daß er nicht auf mir herumtrommeln würde, wie er es manchmal tat . . .

Wie lange hatte es gedauert, bis die Schimpansen Gombes Jane Goodall so nahe an sich heranließen!

Kinder lernen viel über Sozialverhalten, indem sie Erwachsene beobachten.

Mit leisen ‚Panting-grunts', freundlichen Grunzlauten, kletterte Goblins jüngerer Bruder Gimble herab und kam, um das ranghöchste oder Alphamännchen zu begrüßen, wobei er sein Gesicht mit den Lippen berührte. Als sich ein anderes erwachsenes Männchen näherte, sprang Gimble eilig aus dem Weg. Es war mein alter Freund Evered. Als er mit lautem, unterwürfigem Grunzen näher kam, hob Goblin langsam einen Arm zum Gruß, und Evered stürzte vor. Die beiden Männchen umarmten einander, sie grinsten breit in der Erregung dieses morgendlichen Wiedersehens, und ihre Zähne blitzten weiß im Dämmerlicht. Sie trieben einen Moment soziale Fellpflege – das bekannte ‚Lausen' oder Groomen –, dann zog sich Evered beruhigt zurück . . .

Evered war es, der dann dreißig Minuten später die Gruppe fortführte, wobei er zweimal anhielt und sich umsah, um sich zu überzeugen, daß Goblin mitkäme . . .

Wir zogen nordwärts, parallel zum Strand unten, tauchten dann ins Kasakelatal hinab und stiegen schließlich, nach etlichen Freßpausen, auf der gegenüberliegenden Seite wieder hinauf... Die Schimpansen hielten an, pflegten sich eine Weile gegenseitig das Fell und genossen die Wärme der Morgensonne.

Etwa zwanzig Minuten später ertönten plötzlich weiter vor uns Schimpansenrufe . . . Goblin und Evered unterbrachen ihre Fellpflegesitzung, und alle Schimpansen spähten in Richtung des Lärmes. Dann brach, jetzt unter Goblins Führung, der größte Teil der Gruppe dorthin auf.

Fifi jedoch blieb und fuhr fort, Fanni zu groomen, während Flossi allein spielte ... Ich beschloß, auch zu bleiben, froh, daß Frodo mit den anderen weitergezogen war, denn er ärgert mich oft. Er möchte, daß ich mit ihm spiele, und wird aggressiv, weil ich nicht will. Mit seinen zwölf Jahren ist er viel stärker als ich, und sein Verhalten ist gefährlich. Einmal trampelte er mir so heftig auf den Kopf, daß er mir fast das Genick gebrochen hätte. Und ein anderes Mal stieß er mich einen steilen Hang hinab. Ich kann nur hoffen, daß er mit der Zeit reifer wird, seine Kindheit hinter sich läßt und diese lästigen Angewohnheiten ablegt.

Ich verbrachte den Rest des Morgens friedlich mit Fifi und ihren Töchtern, die von einem Nahrungsbaum zum nächsten zogen ... Wir stiegen immer höher hinauf. Schließlich stießen wir an einem baumlosen grasbewachsenen Kamm auf eine andere kleine Gruppe von Schimpansen: den erwachsenen Prof, seinen jüngeren Bruder Pax ... Es gab ein paar leise Grunzer zur Begrüßung. Schließlich zogen die anderen weiter und Fanni mit ihnen. Aber Fifi blieb, richtete sich ein Schlafnest her und legte sich zu einer mittäglichen Siesta nieder. Flossi blieb auch, kletterte, schaukelte und spielte in der Nähe ihrer Mutter ...

Gegenüber, im Süden, lag der »Gipfel«. Eine Flut von warmen Erinnerungen durchströmte mich, als ich ihn sah ... Von jenem Gipfel aus hatte ich zum erstenmal einen Schimpansen Fleisch fressen sehen: David Greybeard. Ich hatte gesehen, wie er in einen Baum geklettert war, den toten Körper eines ganz jungen Buschschweines unter dem Arm, den er dann mit einem Weibchen teilte, während die ausgewachsenen Buschschweine unter ihnen tobten. Und keine hundert Meter vom Gipfel entfernt hatte ich an einem unvergeßlichen Tag im Oktober 1960 David Greybeard und seinen guten Freund Goliath beobachtet, wie sie mit Grashalmen Termiten angelten. Ich spürte jetzt, als ich an diese ferne Zeit zurückdachte, noch einmal die Erregung,

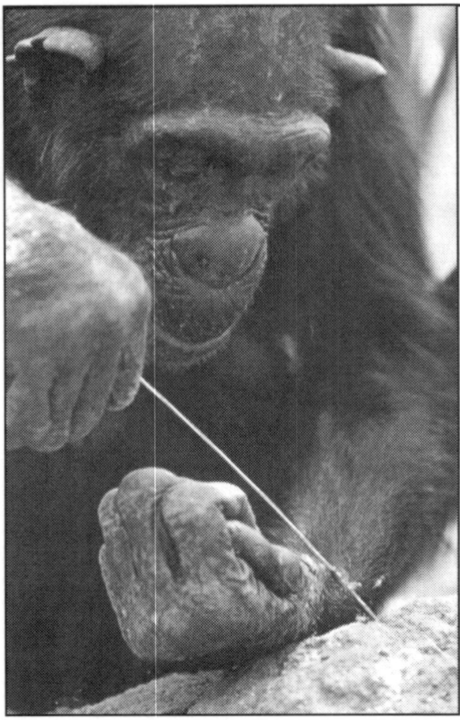

die ich gefühlt hatte, als ich sah, wie David mit der Hand einen starken Halm abriß und ihn sorgfältig zurechtstutzte, damit er ihn leichter durch den engen Eingang zu einem Termitenbau schieben konnte. Nicht nur, daß er den Grashalm als Werkzeug benutzte – er zeigte, als er ihn so veränderte, daß er sich für diesen speziellen Zweck eignete, tatsächlich die einfachen Anfänge der Werkzeugherstellung.

Was für begeisterte Telegramme hatte ich an Louis Leakey geschickt . . . Also waren Menschen doch nicht die einzigen ‚Tiere', die Werkzeuge herstellten. Und Schimpansen nicht die friedlichen Vegetarier, die wir in ihnen gesehen hatten . . .

Über mir regte sich Fifi; sie faßte Flossi besser, während sie sie stillte. Dann schlossen sich ihre Augen wieder ... Ich erinnerte mich an den Tag, an dem David Greybeard zum erstenmal mein Lager am Seeufer besucht hatte. Er war gekommen, um die reifen Früchte einer Ölpalme zu fressen, die dort wuchs, hatte ein paar Bananen auf dem Tisch vor meinem Zelt erspäht und sie mitgenommen, um sie im Busch zu verzehren. Nachdem er einmal Bananen entdeckt hatte, kam er wieder, und nach und nach waren ihm andere Schimpansen zu meinem Lager gefolgt . . . Und so war ich immer vertrauter mit der ganzen Schar unvergeßlicher Schimpansen-Persönlichkeiten geworden . . .

Fifi, die jetzt so friedlich über mir ruhte, gehörte zu den wenigen Überlebenden jener frühen Zeit. Sie hatte die schreckliche Epidemie von Kinderlähmung überstanden, die 1966 durch die Populationen – von Schimpansen wie von

Menschen – gefahren war. Zehn Schimpansen aus der von uns erforschten Gesellschaft waren gestorben oder verschwunden. Weitere fünf waren behindert geblieben ... Zur Zeit jener Epidemie steckte das Gombe Stream Research Center noch in den Kinderschuhen. Zwei erste Assistenten halfen, Kenntnisse über das Verhalten der Schimpansen zu sammeln und zu tippen ... Nachdem wir die Schimpansen den ganzen Tag beobachtet hatten, mußten wir unsere Protokolle oft bis spät in die Nacht von den Tonbandgeräten übertragen.

Jane Goodall mit Fifis ältestem Sohn.

Meine Mutter Vanne war in den sechziger Jahren noch zweimal zu Besuch nach Gombe gekommen. Das eine Mal, als die National Geographic Society Hugo van Lawick schickte, um unsere Forschungsarbeit zu filmen – die sie inzwischen finanzierte. Louis Leakey hatte Fahrgeld und Spesen auch für Vanne organisiert mit dem beharrlichen Hinweis, daß es nicht richtig wäre, mich im Busch mit einem jungen Mann alleine zu lassen. Wie anders die moralischen Maßstäbe vor einem Vierteljahrhundert noch waren! Hugo und ich heirateten trotzdem, und Vannes dritter Besuch fand 1967 statt, weil sie mir ein paar Monate bei der Aufgabe beistehen wollte, meinen Sohn Grub im Busch aufzuziehen.« (Anmerkung: Solange Grub noch klein war, hörte Jane Goodall mehr

Figan, Alphamännchen.

Soziale Fellpflege: David Greybeard groomt Rodolf, der Flo groomt, die Fifi groomt.

oder weniger auf, mit den Schimpansen zu arbeiten und erledigte vor allem die schriftlichen Arbeiten des Forschungszentrums. Nach acht Jahren ließen sich Jane und Hugo van Lawick wieder scheiden.)

»Abermals wurde meine Aufmerksamkeit in die Gegenwart zurückgerissen, diesmal durch ein Schimpansenweinen. Ich lächelte. Das mußte Fanni sein. Sie hatte das unternehmungslustige Alter erreicht, wo ein Weibchen sich immer mal von ihrer Mutter trennt, um mit anderen Erwachsenen zu wandern. Ganz plötzlich sehnt sie sich dann schrecklich nach Mami, verläßt die Gruppe und macht sich auf die Suche nach ihr. Das Weinen wurde lauter, und bald kam Fanni in Sicht. Fifi schenkte ihr keine Aufmerksamkeit, aber Flossi sprang aus dem Schlafnest, kletterte hinab und umarmte ihre ältere Schwester. Offenbar hatte Fifi auf Flossi gewartet – sie kam jetzt auch herunter und brach auf. Ich kletterte hinter ihnen her, aber jeder Zweig schien sich in meinen Haaren oder meinem Hemd zu verfangen. Mühsam schob und wand ich mich durch ein gräßliches Gewirr von Unterholz. Der Abstand zwischen uns nahm zu. Ranken legten sich um die Schnallen meiner Schuhe und den Riemen meiner Kamera, Dornen verhakten sich im Fleisch meiner Arme ... Nach zehn Minuten war ich in Schweiß gebadet, mein Hemd zerrissen, meine Knie waren vom Kriechen über den steinigen Boden aufgescheuert – und die Schimpansen verschwunden. Die folgenden fünfunddreißig Minuten wanderte ich am felsigen Bett des Kasakelaflusses entlang; ab und zu hielt ich an, um zu lauschen und das Geäst über mir abzusuchen ... Und dann, als ich wirklich überlegte, wohin ich mich jetzt wenden sollte, hörte ich das Kreischen eines jungen Schimpansen weiter oben im Tal. Zehn Minuten später hatte ich Gremlin mit dem kleinen Galahad und dem Jugendlichen Gimble gefunden, dazu Gigi und Gombes zwei jüngste Waisenkinder ... Sie saßen alle fressend in einem großen Baum über dem fast ausgetrockneten Fluß, und ich legte mich auf die Steine, um ihnen zuzusehen ... Nur das Grollen des Donners, der immer näher kam, unterbrach die Stille; der Donner und die raschelnden Bewegungen der Schimpansen ... – Von einem blendenden Blitz und einem Donnerschlag angekündigt, ließen die grauschwarzen Wolken plötzlich, kurz nach drei Uhr, solche Regenfluten los, daß Himmel und Erde wie von dem strömenden Wasser miteinander verbunden schienen. Jetzt hörte Gimble auf zu spielen und hockte, wie die anderen, still an den Stamm des Baumes geschmiegt da. Ich drückte mich an eine Palme und suchte so gut wie möglich Schutz unter ihren überhängenden Wedeln. Während der Regen endlos niederströmte, wurde ich kälter und kälter. Ganz nach innen gekehrt, verlor ich bald jedes Zeitgefühl. Ich registrierte nichts mehr – es gab nichts zu vermerken, es gab nur das schweigende, geduldige, klaglose Durchhalten ...

Manchmal arbeiteten in Gombe bis zu fünfundzwanzig Studenten. Diese beiden folgten dem Schimpansenmännchen Figan fünzig Tage ohne Unterbrechung. Ihre dabei gesammelten Daten erwiesen sich als ungeheuer wertvoll.

Um 16.30 Uhr kletterten die Schimpansen herunter und brachen auf – durch die patschnasse, tropfende Vegetation. Ich folgte ihnen, aber meine Bewegungen waren unbeholfen, meine nassen Sachen behinderten mich. Wir wanderten ein Stück am Fluß entlang, dann auf der anderen Seite des Tales bergauf in Richtung Süden . . . – Die Schimpansen stiegen in einen niedrigen Baum, um frische junge Blätter zu fressen. Ich ging an eine Stelle, an der ich stehen und sie beobachten konnte, während sie die letzte Mahlzeit des Tages genossen. Die Szene war von atemberaubender Schönheit. Die Blätter glänzten in hellem, intensivem Grün im weichen Sonnenlicht; der nasse Stamm und die Äste waren wie aus Ebenholz; im schwarzen Fell der Schimpansen flammten kupferbraune Blitze auf. Und hinter diesem farbenfrohen Bild der dramatische Hintergrund des blauschwarzen Himmels, in dem es noch immer wetterleuchtete . . .
Ich blieb bei den Schimpansen, bis sie ihr Nachtlager errichteten – früh, nach dem Regen. Und als sie zur Ruhe gekommen waren, Galahad an seine Mutter gekuschelt, Gimble etwas höher, verließ ich sie und wanderte über den Bergpfad zum Seeufer . . .
Später, als ich über dem kleinen Holzfeuer vor dem Haus kauerte, an dem ich Bohnen und Tomaten und ein Ei gebraten und dann gegessen hatte, war ich noch immer in das Wunder der Erlebnisse dieses Nachmittags versunken. Träumend starrte ich in die flackernden Flammen.
Wenn wir nur einmal, ganz kurz nur, die Welt mit den Augen eines Schimpansen sehen könnten, was würden wir da alles lernen! Noch eine letzte Tasse Kaffee, dann wollte ich hineingehen, die Sturmlaterne anzünden und die Notizen des Tages, dieses wunderbaren Tages, übertragen.« –
Bereitet es nicht Freude, diesen Bericht zu lesen? Zu spüren, wie sehr die Forscherin ihre Tiere als Persönlich-

keiten achtet – als Lebewesen, die zufrieden, traurig oder ängstlich sein können? Doch gerade diese menschliche Betrachtungsweise war es, die Jane Goodall zu Beginn ihrer wissenschaftlichen Arbeit in Schwierigkeiten brachte. Wie sollte die junge Sekretärin aber auch ahnen, daß es unter angesehenen Verhaltensforschern zum Beispiel streng verpönt war, für die erste Lebenszeit der Tiere ein Wort wie »Kindheit« zu verwenden? Kindheit – die gab es für die Wissenschaftler nur beim Menschen. Ebenso wie »Gefühle« oder gar »Charakter«.

Im Jahr 1975 entführten Rebellen vier weiße Helfer des Gombe Stream Research Centers. Seither werden aus Sicherheitsgründen fast alle Beobachtungen von afrikanischen Mitarbeitern durchgeführt.

Und natürlich wußte Jane Goodall auch nicht, daß es besser gewesen wäre, den wildlebenden Schimpansen keine Namen zu geben, sondern neutrale Nummern.
So jedoch war es kaum verwunderlich, daß die junge Engländerin bei ihrem ersten Besuch eines ehrwürdigen Ethologenkongresses gewaltig ins Fettnäpfchen stapfte, als sie ans Mikrophon trat und voller Begeisterung von »Figan« erzählte: Denn dieser heranwachsende Schimpanse hatte gelernt, im Lager zurückzubleiben, wenn die älteren Männchen der Gruppe aufbrachen, damit ihm eine Banane extra zugesteckt werden konnte. Und was besonders interessant war – während Figan beim ersten Mal, als er die Frucht sah, einen begeisterten Futterschrei ausgestoßen hatte, der die anderen Männchen wieder zurücklockte, die ihm dann natürlich die Banane abjagten, war er beim nächsten Mal so schlau, seinen Ruf zu unterdrücken. Lediglich ein paar »winzige Geräusche« waren in Figans Kehle zu hören gewesen.

Ja, und nun also hatte die junge Forscherin nach dieser Schilderung erwartet, daß die Ethologen im Saal von der Lernfähigkeit Figans genauso beeindruckt sein würden wie sie selbst. Statt dessen aber schlug ihr eisiges Schweigen entgegen, und der Vorsitzende wechselte schnell das Thema. Eine bloße Anekdote war eben noch lange kein Beweis. Wer konnte zum Beispiel schon sagen, ob das Versuchstier nicht einfach zufällig stumm geblieben war?

Jane Goodall ließ sich durch diesen Vorfall jedoch nur kurz entmutigen, und heute ist die Anzahl der Ehrungen und Preise, die ihr bislang zuteil geworden sind, kaum noch zu überblicken. Natürlich war für diesen Erfolg wichtig, daß die Forscherin im Jahre 1965 an der berühmten Universität von Cambridge ihre Doktorprüfung in vergleichender Verhaltensforschung mit Auszeichnung bestand und fortan eine »echte« Ethologin war.

Aber als viel, viel wesentlicher erwies sich die Beharrlichkeit Jane Goodalls, mit der sie ihre Lebensaufgabe vorantrieb. Abertausende einzelner Beobachtungen waren ja notwendig, um all die Dinge über das Leben der Schimpansen zu erfahren, über die die Fachwelt bald nur noch staunen konnte – und die vor allem zeigten, wie viele Ähnlichkeiten im Verhalten von Schimpansen und Menschen bestehen: die liebevollen und dauerhaften Bindungen zwischen Familienmitgliedern; die lange Zeit der kindlichen Abhängigkeit von der Mutter; die Gebärdensprache mit all ihren Droh- und Imponier-, Gruß- und Demutsgesten; die Bedeutung des Lernens bei der Benutzung und Herstellung der Werkzeuge; der planvoll durchgeführte, tödliche Revierkampf zwischen den zwei großen Schimpansengruppen des Gebietes, dessen grausame Szenen Jane Goodall bis in ihre Träume verfolgten . . . Ja, in seiner Fülle machte dieses Material deutlich, wie nahe unser eigenes Verhalten

dem unserer haarigen Vettern ist. Also – könnten die frühen Menschen tatsächlich so gelebt haben wie die Schimpansen Gombes? War Leakeys Traum in Erfüllung gegangen, etwas über den Alltag prähistorischer Menschen zu erfahren?

Jane Goodall ist sich da ziemlich sicher: »Mir selbst scheint die Vorstellung, daß die frühen Menschen mit Zweigen nach Insekten bohrten und sich mit Blättern säuberten, absolut vernünftig. Der Gedanke, daß diese Vorfahren einander mit Küssen und Umarmungen begrüßten und beruhigten, daß sie bei der Verteidigung ihres Territoriums oder bei der Jagd zusammenarbeiteten und Nahrung miteinander teilten, sagt mir zu. Der Gedanke an enge Bande der Zuneigung innerhalb der Steinzeitfamilie, an Brüder, die einander beistanden, an jugendliche Söhne, die zur Verteidigung ihrer alten Mutter herbeieilten, an heranwachsende Töchter, die sich um die Babys kümmerten, macht mir die versteinerten Zeugnisse ihrer physischen Existenz auf dramatische Weise lebendig.«

Aber die Forschung in Gombe erreichte noch mehr: Sie ließ uns Menschen begreifen, was für wundervolle Tiere Schimpansen sind. Immer mehr Tierfreunde schließen sich seither Jane Goodalls hartnäckigem Kampf um bessere Lebensbedingungen für die Schimpansen in Zoos und Laboratorien an – Orte, die die Verhaltensforscherin häufig mit Tränen in den Augen verläßt. Sicher, Schimpansen werden – zum Wohle des Menschen – so lange in der Forschung benötigt werden, bis es endlich gute Ersatzverfahren gibt, um Heil- und Impfstoffe für uns zu entwickeln. Dies weiß auch Jane Goodall. Schimpansen können mit so ziemlich allen bekannten Krankheiten angesteckt werden, bis hin zur Gelbsucht und zu Aids, gegen die andere Tierarten immun sind. Und auch die verblüffenden Ähnlichkeiten zwischen Menschen und Schimpansen im Körperbau und im Nervensystem machen sich viele Forscher zunutze.

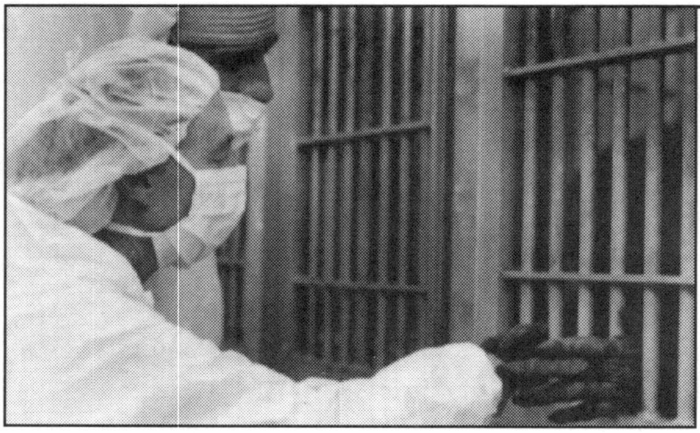

Aber müssen diese geselligen, intelligenten Tiere dazu in viel zu kleinen Käfigen gehalten werden, alleine, ohne jede Möglichkeit, sich mit irgend etwas zu beschäftigen? »Würde man einem Menschen das antun, würde er wahnsinnig werden. Die Schimpansen werden es auch«, schreibt die Verhaltensforscherin erbittert.

Jane Goodall lebt heute etwa vier Monate des Jahres in Gombe. Die restliche Zeit schreibt sie oder hält Vorträge, um Geld für die weitere Forschung aufzutreiben und gefangenen Tieren zu helfen.

Dabei wäre es gar nicht so schwer, den Tieren das Leben »etwas weniger furchtbar« zu gestalten. Größere Käfige, Haltung in Gruppen, ein Plätzchen, worauf sie es sich bequem machen können, und ein kräftiges Plastikrohr, fest vollgestopft mit Rosinen und Nüssen, die mit Zweigen herausgestochert werden müssen – soviel sollten uns Menschen unsere in Gefangenschaft gehaltenen nächsten Verwandten allemal Wert sein. Und so ganz langsam bewegt sich dank Jane Goodall und ihren Mitstreitern manches in dieser Richtung.
Doch die Sorge der inzwischen weltbekannten Engländerin gilt auch den freilebenden Schimpansen Afrikas. Noch immer werden Schimpansenmütter von Wilderern erschossen, damit ihre Kinder eingefangen und verkauft werden können – an einen Zoo oder Zirkus, an Tierhandlungen oder an Menschen, die die Touristen in südlichen Urlaubsgebieten geradezu drängen, sich mit einem süßen kleinen Schimpansen in Kinderkleidern fotografieren zu lassen. Meist stehen diese Tiere unter Drogen. Werden sie für das Geschäft zu groß, tötet man sie.
Aber auch, wenn in Gombe selbst nicht gewildert wird, so stellt dieser Park doch lediglich eine »erbärmlich kleine Fluchtburg« für die Schimpansen dar. Viele Urwälder, in denen Schimpansen lebten, wurden in den vergangenen Jahren gefällt, um das Holz zu verkaufen oder um Platz zu

schaffen für Häuser und Plantagen. Zehntausend Schimpansen lebten 1960 noch in Tansania, heute sind es nur noch etwa zweitausendfünfhundert – und das, obwohl Tansania im Vergleich zu anderen afrikanischen Ländern viel für den Naturschutz tut. Immer weiter Geld zu sammeln, um wenigstens ein paar der natürlichen Lebensräume der Schimpansen erhalten zu können, das ist im Augenblick Jane Goodalls wichtigste Aufgabe.
Und die Forschung? Hat das »Gombe Stream Research Center« nach über drei Jahrzehnten nicht endlich genug über Schimpansen erfahren?
Wohl kaum. Denn dreißig Jahre, das sind gerade mal zwei Drittel eines stolzen Schimpansenlebens, das bis zu fünfzig Jahre dauern kann. So wurde noch kein einziger Schimpanse Gombes von seiner Geburt bis zu seinem natürlichen Tod im hohen Alter beobachtet.
Wen wundert es da, wenn Jane Goodall auch mit über sechzig Jahren noch große Pläne für die Zukunft hat:
»Zuallererst werde ich, so lange ich kann, in Gombe weiterarbeiten. Wenn ich einmal zu alt geworden bin, die Hügel hinaufzuklettern, wird es hoffentlich Leute geben, die dort Schimpansen beobachten. Und hoffentlich auch Geld, mit dem man sie bezahlen kann. Ich will wissen, was Fanni und Flossi für Mütter sein werden. Ich will wissen, ob Frodo ranghöchster Schimpanse wird, wie ich vermute. Ich habe noch so viele Fragen.«

BENUTZTE LITERATUR UND TIPS ZUM WEITERLESEN

Ein bekannter amerikanischer Schriftsteller, William Faulkner, soll einmal gesagt haben: »Beim Schreiben ist man gezwungen, sich von all seinen Lieblingen zu trennen.« Was er damit meinte? Nachdem dieses Buch fertig ist, weiß ich es zu gut. Wie viele Bücher habe ich vor dem Schreiben gelesen!

Ganz wundervolle Menschen begegneten mir dabei (auf dem Papier), die ich am liebsten alle vorgestellt hätte. Was natürlich nicht ging!

Also trennte ich mich von zahlreichen »Lieblingen«. Bis schließlich die sechs ausgewählten übrigblieben.

Doch was in einem langen Forscherleben alles geschehen kann, ist schon erstaunlich – und führte beim Schreiben der Kapitel ein zweites Mal zum Abschiednehmen. Zum Beispiel von so vielen Versuchen und Beobachtungen, von denen ich nur die wirklich allerwichtigsten schildern konnte. Oder von der Geschichte, als Darwin wegen seiner Nase, die dem Kapitän der »Beagle« nicht gefiel, beinahe nicht mit auf die Reise hätte gehen dürfen. Oder von Jane Goodalls Kampf mit den Schimpansen, die eine Zeitlang mit besonderer Vorliebe Schlafanzüge zerpflückten. Oder von … – Ach, obwohl ich es mit allen Tricks probierte: Ich habe es nicht geschafft, die vielen Ereignisse einzufügen, die mich so faszinierten. Zum Haareraufen war das.

Freuen würde mich aber, wenn die Leser Lust bekommen haben, mehr aus dem Leben der Forscher zu erfahren.

Im folgenden Teil sind die Bücher, die für Jugendliche wohl besonders interessant sind, mit einem Sternchen gekennzeichnet. Eine größere Bibliothek kann auch die älteren Titel besorgen, die im Buchhandel meist schon lange nicht mehr erhältlich sind.

QUELLENVERZEICHNIS

FÜR DIE ÜBERLEITUNGSTEXTE

Apfelbach, Raimund/Döhl, Jürgen: Verhaltensforschung. Eine Einführung. UTB 210, 3. Auflage, G. Fischer Vlg. Stgt. 1980
Baumann, Hans: Die Höhlen der großen Jäger. Bertelsmann Lesering, Gütersloh 1961 (*)
Eibl-Eibesfeldt, Irenäus: Grundriß der vergleichenden Verhaltensforschung. R. Piper & Co Verlag, München 1967
Franck, Dierck: Verhaltensbiologie. Einführung in die Ethologie. Georg Thieme Verlag, Stuttgart 1979
Immelmann, Klaus: Einführung in die Verhaltensforschung. 3. Auflage, Verlag Paul Paray, Berlin und Hamburg 1983

MIT PINSEL, MUT UND SCHMETTERLINGSNETZ

Kerner, Charlotte: Seidenraupe, Dschungelblüte. Die Lebensgeschichte der Maria Sibylla Merian. Beltz Verlag, Weinheim und Basel 1989 (*)
Merian, Maria Sibylla: Das Insektenbuch. (Mit einem Begleittext von Helmut Deckert.) Insel Verlag, Frankfurt am Main 1992 (*)

EIN GENTLEMAN MIT GEHEIMNIS

Desmond, Adrian/Moore, James: Darwin. List Verlag, München 1992 (*)
Höfling, Helmut: Sie veränderten die Welt. Ensslin & Laiblin Verlag, Reutlingen 1983 (*)
Klöckner, Klaus: Charles Darwin. Licht auf den Ursprung. In: Popp, Georg (Hrsg.): Die Großen der Welt. Seite 482–487. Arena Verlag, Würzburg 1987 (*)
Zitek, Rudolf: Charles Darwin. In: Fassmann, Kurt (Hrsg.): Die Großen. Band VIII/1, Seite 32–48, Kindler-Verlag, Zürich 1977

GLOCKENKLÄNGE IM TURM DES SCHWEIGENS

Brandt, Max: Iwan Petrowitsch Pawlow. Der Vater der »bedingten Reflexe«. In: Schwerte, Hans/Spengler, Wilhelm (Hrsg.): Forscher und Wissenschaftler im heutigen Europa. Seite 77–85. Stalling Vlg., Oldenburg, Hamburg 1955
Drischel, Hans: Iwan Pawlow. In: Fassmann, Kurt (Hrsg.): Die Großen. Band IX/1, Seite 124–135. Kindler Verlag, Zürich 1976
Schwartz, Steven: Wie Pawlow auf den Hund kam. Die 15 klassischen Experimente der Psychologie. Beltz Verlag, Weinheim und Basel 1988 (*)

UND DANN GEHT SIE IN DEN STOCK UND TANZT

Frisch, Karl von: Aus dem Leben der Bienen. 9. Auflage. Reihe Verständliche Wissenschaft. Springer-Verlag, Berlin, Heidelberg, New York 1977

Frisch, Karl von: Erinnerungen eines Biologen. 3. Auflage. Springer-Verlag, Berlin, Heidelberg, New York 1973 (*)

Koehler, Otto: Karl von Frisch. Der Entdecker der Bienen-»Sprache«. In: Schwerte, Hans/Spengler, Wilhelm (Hrsg.): Forscher und Wissenschaftler im heutigen Europa. Seite 263–271. Gerhard Stalling Verlag, Oldenburg, Hamburg 1955

Lindauer, Martin: Karl Ritter von Frisch. In: Gall, Lothar: Die großen Deutschen unserer Epoche. Seite 453–465. Propyläen Verlag, Berlin 1985 (*)

SCHNATTERN FÜR DIE MENSCHHEIT

Amberg, Max: Konrad Lorenz. Verhaltensforscher, Philosoph, Naturschützer. Kilda-Verlag, Greven 1978

Festetics, Antal: Konrad Lorenz. Aus der Welt des großen Naturforschers. Deutscher Taschenbuch Verlag, München 1988

Lorenz, Konrad: Er redete mit dem Vieh, den Vögeln und den Fischen. © 1983, Deutscher Taschenbuch Verlag, München (*)

Lorenz, Konrad: So kam der Mensch auf den Hund. © 1983, Deutscher Taschenbuch Verlag, München (*)

Lorenz, Konrad: Die acht Todsünden der zivilisierten Menschheit. R. Piper & Co. Verlag, München 1973

Lorenz, Konrad: Hier bin ich – wo bist du? Ethologie der Graugans. R. Piper GmbH & Co. KG, München 1988 (*)

Lorenz, Konrad (im Gespräch mit Kurt Mündl): Rettet die Hoffnung. Jugend und Volk Verlagsgesellschaft mbH, Wien, München 1989 (2. Auflage)

Wuketits, Franz: Konrad Lorenz. Leben und Werk eines großen Naturforschers. R. Piper GmbH & Co. KG, München 1990

AFFEN WIE DU UND ICH?

Lawick-Goodall, Jane van: Wilde Schimpansen. 10 Jahre Verhaltensforschung am Gombe-Strom. Rowohlt Verlag GmbH, Reinbek bei Hamburg 1971 (*)

Goodall, Jane: Ein Herz für Schimpansen. Meine 30 Jahre am Gombe-Strom. Rowohlt Verlag GmbH, Reinbek bei Hamburg 1991 (*)

Goodall, Jane: Mein Leben mit den Schimpansen. Rowohlt Taschenbuch Verlag GmbH, Reinbek bei Hamburg 1991 (*)

Goodall, Jane: Das Schimpansen-Kinder-Buch. Neugebauer Press, Salzburg 1991 (*)